KB137518

삐딱선을 타다

빼딱선을 타다

지은이 | 성병조

발행 | 2019년 8월 20일

펴낸이 | 신중현
펴낸곳 | 도서출판 학이사
출판등록 | 제25100-2005-28호

대구광역시 달서구 문화회관11안길 22-1(장동)
전화_(053) 554-3431, 3432 팩시밀리_(053) 554-3433
홈페이지_http://www.학이사.kr
이메일_hes3431@naver.com

ISBN_979-11-5854-190-3 03810

이 도서의 국립중앙도서관 출판예정도서목록(CIP)은 e-CIP 홈페이지(http://seoji.nl.go.kr)와 (http://www.nl.go.kr/kolisnet)에서 이용하실 수 있습니다.(CIP제어번호: CIP2019031375)

대구문화재단 Colorful DAEGU
"본 서적은 2019 대구문화재단 개인예술가창작지원(문학)으로 출간되었습니다."

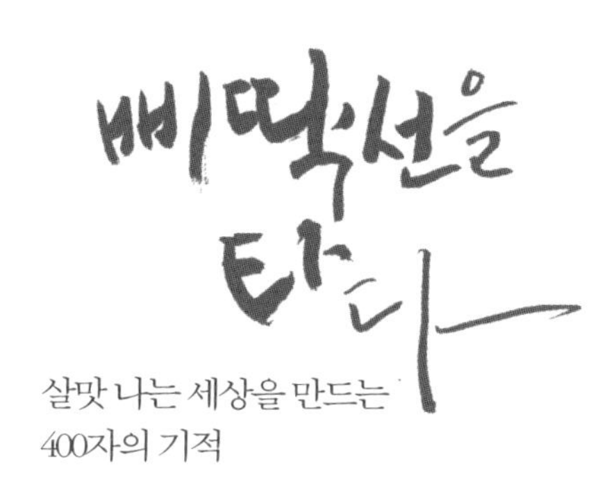

살맛 나는 세상을 만드는
400자의 기적

성병조 지음

學而思 | 학이사

머리말

400자의 기적을 꿈꾸며

세상사는 말처럼 호락호락하지 않다. 웃을 일이 많은가 화낼 일이 많은가, 즐거운 날이 많은가 슬픈 날이 많은가, 필요한 존재인가 불필요한 존재인가, 긍정적인 사람인가 부정적인 사람인가, 문학과 해학의 공존은 어디까지 가능한가?

매일 새벽이면 이 명제 앞에서 옷깃을 여민다. 다들 살아가기 힘들다는 세상을 향해 400자의 글로써 기적을 꿈꾼다.

저자는 남을 웃게 할 수 있는 재주꾼이 못 된다. 오직 긍정적인 마음으로 세상은 살만한 곳이라고 생각할 뿐이다. 모든 일은 마음먹기에 달렸기 때문이다.

새벽마다 전하는 희망 메시지를 엮었다.

지난 6년의 마음이다.

이 책 한 권으로 우리 사회가 더 밝아지길 바란다. 그리고 모두의 가슴에 희망이 샘솟는 기적이 일어나길, 감히 소망한다.

용지봉 아래에서

성병조

/ 차례 /

1부
얼굴을 닦다가

행사 푸념

결혼 시즌만 되면 결혼식이 많다고, 연말만 되면 행사가 많다고 푸념하는 사람을 본다. 나는 이들을 딱하게 여긴다. 정말로 행사가 많아 하는 소리가 아니라 '나는 이런 사람입네' 하는 자기 자랑처럼 들린다. 행사를 알려오는 것은 그만큼 사회적인 지위를 인정받고 있다는 방증이다. 정말로 이게 싫다면 두세 번 빠져보면 그 효과는 금방 나타난다. 더 이상 행사를 알리지 않을 것이다. 사람이 살아가다 보면 이런저런 일이 귀찮더라도 참석해야 할 때가 있다. 자기를 인정해 주는 집단이 많다고 생각하면 얼추 맞다. 자랑인지 푸념인지 모를 이런 한탄은 하지 않는 게 좋다. 초청받지 못하는 사람에 비하면 얼마나 행복한가.

팔뚝까지 굵은데

모임에서 돌아온 아내가 그곳 풍경을 전한다. 누군 부동산 투자로, 또 누군 남편이 준 생일 선물 등 친구 이야기를 늘어놓는다. 별로 기분이 좋지 않다. 그런 얘기를 할 때는 그런 부자가 부럽거나 은근히 그런 남편이 좋다는 내심이 깔려 있기 때문이다. 하긴 모임에서 주고받는 이야기의 소재가 우리 일상을 벗어나기는 어려울 터이다. 여성의 이야기 주제, 남성의 이야기 주제는 거의 한 방향으로 흘러간다. 이럴 때마다 아내를 책망한다. 눈높이를 조금 내리면 행복 투성이다. 팔뚝과 다리 굵은 남편과 건강한 자식이 있는데, 뭐가 부족하단 말인가. 자기 자랑하는 사람은 항상 그곳으로 흐른다.

웃지 않는 사람

사람마다 다양한 특징을 지닌다. 유머가 풍부한 사람, 언제나 무뚝뚝하면서 잘 웃지 않는 사람, 항상 성이 난 듯 시무룩한 사람도 있다. 코미디언들이 가장 어려워하는 사람들로 고위 공무원과 학교장들을 꼽는 걸 본 적이 있다. 아무리 웃겨도 입을 굳게 다물고 '한 번 웃겨봐라. 나는 결단코 웃지 않으리라' 는 식이다. 이런 사람들은 건강에 좋지 못하다. 남이 웃기면 그냥 웃어주는 게 분위기 조성에도 도움이 된다. 잘 웃지 않는 사람들은 생활에도 어두운 부분이 많다. 희로애락을 맘껏 표출하는 게 정신건강을 위해서도 이롭다는 생각을 가진다.

네 아픔이 내 아픔

내가 싫으면 이웃도 싫은 법이다. 내 차가 많이 상해 있으면 남의 차도 상할 우려가 있는 것이다. 아내는 차 문을 열 때마다 두 손을 사용한다. 한 손은 우리 차 손잡이를, 다른 한 손은 상대방 차와 맞닿는 부분에다 손바닥으로 완충 역할을 한다. 내 차가 옆 차에 작은 흠집이라도 낼까 우려해서이다. 내 차 문을 조심스레 열면 되지 않느냐고 말해도 듣지 않는다. 그 이유는 오랜 경험에서 나온다. 내 차는 온통 흠집투성이다. 다른 차들이 문을 열면서 이웃 차를 생각하지 않았기 때문이다. 나의 아픔을 보고 이웃을 배려하는 아내를 칭찬하지 않을 수 없다.

아까워서 어쩌지

새벽 운동을 오래 하다 보니 종종 만나는 사람들이 있다. 밤새 집에 들어가지 않고 떠들며 배회하는 청소년이 있는가 하면, 영업을 마치고 돌아가는 듯한 여성들도 만난다. 이외에 만나는 사람이 폐지 줍는 노인들이다. 리어카에 가득 싣고 힘들어 하는 분도 있고, 조그만 유모차에 박스 한두 개를 얹어 가는 할머니도 보인다. 오늘 운동을 마치고 돌아오는데 도로 위에 떨어진 종이 박스 두 개가 보였다. 접힌 모습으로 봐서는 폐지 운반하다 떨어뜨리고 간 게 분명하다. 어렵게 모은 종이 박스, 도로 위에 떨어진 줄도 모르고 가다니…. 나는 이것보다 더 아까운 것을 생각해 내기 어려웠다.

못 말리는 변호사

법률가와 이웃하지 말라는 말이 있다. 매사 법으로 따지기 좋아하기 때문이다. 옆집 변호사 아들이 자기 아이를 종종 괴롭히지만 항의하기 힘들었다. 말로는 이길 재간이 없다. 그러던 중 변호사 집 아이가 옆집 창문을 깨트렸다. 이때다 싶어 그는 변호사를 찾아갔다. "아이들이 놀다 이웃집 창문을 깼습니다. 그러면 어떻게 하는 게 좋습니까?", "당연히 창문 교체 비용을 보상 받아야지요." 이때다 싶어 "창문 깬 아이가 바로 변호사님 아들입니다. 보상해 주셔야지요." 이 말을 들은 변호사는 잠시 생각하더니 "그럼 상담료를 먼저 주세요." 창문 교체 비용보다 상담료가 훨씬 비쌌음은 물론이다.

여행의 즐거움

나는 여행을 무척 좋아한다. 주말만 되면 보따리 싸들고 종종 떠난다. 가장이 그러니 아내가 따르게 되고, 자녀들도 점점 나를 닮아 간다. 예전, 존경하는 어느 교수님께 여행의 의미를 물었더니 'Relax' 라고 하셨다. 한 주간 찌든 몸을 여행을 통해 푼다는 의미일 터이다. 나는 새로운 지역에 관심이 많다. 한 번 가본 곳은 거의 기억하고 있다. 네비게이션도 별로 사용하지 않는다. 반면에 아내는 그 지방의 유명 맛집에 정신을 다 쏟는다. 서로가 다름을 인정할 수밖에 없다. 한두 번 가본 곳이라도 다시 가면 새로운 감흥이 인다.

경로우대카드

기다린 것은 아니지만 세월가다 보니 나도 그 나이에 이르렀다. 경로우대카드! 반가워해야 하나, 슬퍼해야 하나? 법정 노인의 반열에 오른 것은 틀림이 없다. 신규로 발급 받은 카드를 덜 노인인 아내에게 자랑하고 싶었다. 3호선 개찰구 앞에 아내를 세워두고 카드로 짠! 하는 순간 의외의 일이 벌어지고 말았다. 당연히 0원이 나와야 하는데 웬 1,250원? 경로우대카드를 들이대야 하는 걸 잘못해 농협 카드를 내민 것이다. 되돌릴 수 없는 실수다. 아내한테 자랑하려다 스타일만 구기고 말았다.

좋은 소식

나는 매일 좋은 소식을 기다리는 마음으로 살아간다. 복권을 사둔 것은 아니지만 어딘가에서 좋은 소식이 올 거라는 희망을 잃지 않는다. 내일이 불행할 거라고 생각하면 그렇게 바뀌는 게 우리의 인생사 아니던가. 휴대폰이 울릴 때도 발신 번호 확인을 거의 하지 않는다. 내게 오는 전화는 죄다 희소식을 안겨다 줄 것이라 믿는 마음이 크기 때문이다. 남을 속이지 않고 바르게 살면 나를 해코지할 사람이 없을 거라는 바람을 가진다. 몇 차례 보이스 피싱을 경험했지만 가소로운 그들의 장난을 웃음으로 넘긴다. 오늘은 또 어떤 희소식이 찾아오려나, 그런 기대감은 나를 들뜨게 한다.

강사료 흥정

아주 오래전의 일이다.

괜찮은 작품 하나 생산되면 어느 신문, 어느 잡지에 투고할지 숙고한 때가 있었다. 작품의 내용과 투고처의 성향이 맞아떨어져야 유리하다. 당시 동아, 중앙은 고료가 나오는데 유독 조선일보는 일언반구도 없었다. 몇 차례 부도를 내기에 사연을 물었더니 "하루에도 2백여 명의 투고자가 있어 고료 지급을 않는다."는 배부른 대답이 돌아왔다. 나와 같은 항의, 아니면 자각 때문인지 맨 나중에 고료 지급을 개시하였다. 돈을 따진다는 것은 참 어려운 일이다. 관록과 능력이 출중한 지인은 강의 요청이 오면 강사료를 꼭 묻고 결정한다. '고가의 상품'을 헐값에 내놓지 않겠다는 당찬 포부가 무척 부럽다.

보신탕 유감

여름만 되면 논란의 대상이 된다. 보신탕을 먹어야 하나 먹지 않아야 하나? 최근 들어 애완견 사육이 늘면서 더욱 뜨거운 과제가 되고 있다. 한국인뿐만 아니라 프랑스 사람들까지 가세한다. 나는 개고기를 먹지 않는다. 물론 보신탕도 포함된다. 개를 사랑하는 마음에서 먹지 않는 것은 아니다. 예전 시골서 자랄 때는 먹었다. 하지만 부모님의 권유가 있고부터는 완전히 떠났다. 아마도 누군가로부터 들었던 모양이다. 먹지 말라는데 굳이 고집할 필요는 없을 터이다. 애완견을 기른 적이 없지만 개는 좀 특별하다. 사람들과의 관계가 여느 동물들과는 차이가 난다.

져 줄걸

일요일 새벽 목욕탕에서 있은 일이다. 같은 시간대에는 낯익은 얼굴들을 만날 수 있다. 눈에 띄는 한 아이가 있다. 6학년이지만 덩치가 커서 몸무게는 90kg을 넘는다. 힘이 얼마나 센지를 보기 위해 서로 손을 잡았다. 이때 팔씨름을 제안했더니 흔쾌히 응한다. 많은 사람들의 눈길이 이곳으로 쏠렸다. 자칫했다가는 내가 질 것 같다. 한참 겨루다 겨우 이겼다. 그는 반에서 팔씨름이 일등이란다. 금방 후회가 몰려왔다. '져 줄걸', 그랬다면 그는 큰 용기를 가지고 오래도록 자랑 삼았을 텐데 미안하다.

얼굴을 닦다가

사용하는 수건에서 집안 역사를 읽는다. 행사장에서 기념으로 받아온 게 많기 때문이다. 시대 순으로 사용할 수도 없는 노릇이다. 오래 묵은 것이 대부분이다. 세수 후 얼굴을 닦다가 흠칫 놀랐다. 아버지의 칠순 잔치 때 제작한 타월이다. 장롱 속에 깊숙이 잠자다 이제 나온 모양이다. 이십여 년도 더 지난 일이지만 어제 일처럼 생생하다. 돌아가신 아버지 성함이 새겨진 타월로 얼굴 닦기가 망설여진다.

한 방 블루스

여러 시상식장에 갈 때마다 가지는 생각이다. 단체 행사 등에 거의 참여하지 않아 얼굴도 제대로 모르는 회원이 작품 하나로 수상하는 경우를 보게 된다. 속된 말로 '한 방 블루스'이다. 수상 제도는 조직이 존재하기 때문에 가능한 것이다. 조직을 지탱하는 힘은 회원들의 참여와 협조로 이루어진다. 그런데 참여와 협조는 전혀 않은 채 '한 방' 만으로 수상하는 것은 좀 거시기하다. 특히 문학상에는 작품력 만을 기준으로 삼는 경우가 대부분이다. 군대라는 조직도 없이 개별적으로 무술을 익힌다고 해서 국방이 튼튼해진다고 보기는 어려울 것이다. 참여 정신이 쇠퇴해지는 것도 여기에 기인하는 바 크다고 본다.

무식이 용감

무식이 용감하다는 말을 종종 듣는다. 아이가 무서운 동물이 있어도 구분 못하는 것 같이. 얼마 전 바람이 휘몰아치는 날 친구와 점심 식사 후 건들바위 앞을 지나게 되었다. 바위 내역을 음미하던 중 벤치에 앉아있는 외국인을 만났다. 워싱턴에서 왔다는 두 아가씨는 여행 중이었다. 무식이 용감해지는 순간이다. 영어 회화의 기본은 용기라는 생각을 늘 가진다. 일단 저지르고 본다. 순순히 잘 응해 준다. 믿음이 간 모양이다. 40여분 가까이 대화 후 영어가 서툴러 미안하다고 했더니 굉장한 실력이라고 치켜세운다. 몸 둘 바를 모르겠다.

구멍가게

구멍가게의 어원이 뭘까?

문구멍으로 바깥을 바라볼 만큼 작은 가게이기 때문일까. 시골에 가보면 예전 모습을 그대로 간직한 구멍가게를 간혹 볼 수 있다. 촌 내음이 물씬 풍기면서 고단했던 시골 모습도 그려진다. 이런 가게가 마을마다 한 개쯤은 있었지만 우리 동네에는 존재하기 어려웠다. 앞마을에 두 개, 옆 마을에도 두 개가 있었지만 우리 동네만은 예외였다. 그만큼 알뜰한 마을로 명성이 높았다. 그곳에서 때로는 술 마시고, 노름하는 장소로 전용되기도 하였다. 이제는 듣기조차 어려운 정겨운 옛 이름이다.

변명

사람이 살아가면서 잘못을 있는 그대로 시인하기는 쉬운 일이 아니다. 변명은 하는 사람이 습관처럼 하는 경우가 많다. 새벽 운동 후 차 손질을 위해 지하 주차장에 내려가 보면 항상 위반하는 차량이 위반한다. 타 아파트에 비해 주차 여건이 양호한 곳이지만 상습적인 위반자는 지정된 주차 장소가 있는데도 불구하고 편한 곳에 차를 댄다. 어쩌다 마주쳐 지적하면 '당신이 뭐냐, 남들도 위반하는데 나만 왜 그러느냐' 는 식으로 반응한다. 말을 잘못 끄집어냈다고 후회하면서도 버릇이 잘 고쳐지지 않는다.

조찬 모임

모임 날짜 잡기가 쉽지 않다. 바쁜 분들이어서 일치된 날짜, 시간이 잘 나오지 않는다. 한 사람이 제의하였다. “그러면 아침 식사 시간에 만나자.” 좀 거창하게 표현하면 조찬 모임이다. 그렇다고 종교인들이 하는 것처럼 ‘조찬 기도회’는 아니다. 괜찮은 발상 아닌가. 이른 시간에 다른 선약 있기는 힘들 테니 말이다. 좋은 장소에서 식사하면서 맑은 정신(?)으로 이야기 나누다 보면 결실 또한 매우 크리라 기대된다. 조찬 모임, 지도자들만 하는 게 아니다.

다신 가지 않으리

여성들은 남자들의 군대 이야기를 제일 싫어한다. 하도 많이 들어 식상할 법도 하지만 남자들 입장에서는 군대 이야기 빼면 쓰러진다. 이런 생각을 하면서 남자들을 지루하게 만드는 일도 있다는 생각을 자주 한다. 옷을 사는 아내 따라 백화점에 간 경우이다. 인내의 시험장이 아닐 수 없다. 여성들의 스트레스 해소 장소가 백화점이라고는 하지만 남성들은 따라갈 곳이 못 된다. 다신 가지 않겠다고 다짐하지만 또 반복하는 게 남편들의 한심한(?) 작태가 아니겠는가.

분실물 전시

자주 가는 도서관 입구에 못 보던 물건들이 전시되고 있다. 예전 간첩으로부터 노획한 물품보다 훨씬 다양하다. 의복, 우산, 계산기, 책, 노트 등 넓은 탁자를 가득 메우고 있다. 옷가게, 학용품 전시회장을 방불케 한다. 도서관에 두고 간 물품들을 찾아 가란다. 고급스러운 옷과 우산도 보인다. 연필이나 볼펜 같은 것은 아예 자리할 틈도 보이지 않는다. 잃어버리면 찾으려 노력하는 대신 부모를 조르면 쉽게 해결되는 세상이다. 학교 운동장에도 축구화 등 여러 신발이 나뒹굴고 있다. 다 쓴 볼펜에 연필 끼워 사용하던 옛 시절이 생각난다.

교통질서

교통규칙을 다 준수하기란 어려운 일이다. 가능하면 지키려 애쓰지만 그렇지 않은 때도 있다. 아파트 주변 간선도로의 경우 자동차도 없는데 우두커니 서서 신호를 지키는 데는 인내(?)가 필요하다. 하지만 차가 없더라도 꼭 지키는 경우가 있다. 초등학생이 옆에서 기다리고 있을 때이다. 학교에서 배운 대로 하는 어린이에게 어른의 못난 모습을 보이는 것은 부끄러운 일이다. 교통질서 면에서는 일본이 우리를 훨씬 앞지른다. 차가 있거나 없거나, 남이 보거나 말거나 교통신호를 준수하는 그들을 보고 많은 생각을 하였다.

No - show

노쇼란 고객이 예약해 놓고 연락 없이 나타나지 않는 것을 말한다. 원래 항공회사의 용어지만 요즘 어느 곳에서나 널리 사용되고 있다. 지난 설에 기차를 예약해 놓고 발권하지 않거나 나타나지 않은 비율이 무려 67%였다고 한다. 약속은 사회생활의 기본이다. 약속 시간 이행도 중요하지만 지키지 못할 경우에는 미리 연락을 해야 한다. 참석 약속 후 연락 없이 안 나오거나, 약속 시간에 항상 늦은 사람은 예사로 보이지 않는다. 예약 손님을 위해 잔뜩 음식을 장만해 놓고 기다리는데 부도 내는 경우, 기차표를 예약해 놓고 나오지 않아 발생되는 손실은 실로 어마어마하다고 한다.

어쩌면 좋아요

매년 겪는 일이다. 내 호적에는 생년월일이 3월 25일로 되어 있다. 당연히 내 생일이다. 이게 화근의 단초이다. 누구나 양력인 걸로 생각하겠지만 음력인 걸 어쩌랴. SNS의 발달로 내 생일 근처만 오면 널리 홍보해준다. 축하를 강요(?) 하는 듯한 느낌이 들 정도다. 이를 알 리 없는 지인들이 축하 메시지를 보내온다. 어떻게 응답하는 게 좋은 방법일까. 음력이라고 일일이 설명할 수도 없고, 또 고맙다 인사하니 좀 거시기하다. 매년 겪는 이 일을 어쩌면 좋단 말인가.

인터넷의 무서움

어쩌다 인터넷 창에서 이름을 검색해 볼 때가 있다. 흔한 이름이 아니어선지 동명이 2인에 불과하다. 한 사람은 등산을 좋아하고, 한 사람은 대기업의 중역이다. 등산과 기업이라는 뚜렷한 특성을 지닌 두 사람을 제하면 거의 내 사진과 글들로 가득 차 있다. 사진이 달라도 들어가 보면 나와 관련이 있다. 내 글을 인용해 간 사람이 원작자를 밝힌 때문이다. 읽을 때마다 두려움이 생긴다. 혹시 나에 관한 부정적인 기사가 없는가 하고… 좋은 것이든, 나쁜 것이든 모두를 담고 있는 인터넷이 무서워지기도 한다.

삐딱선을 타다

어느 모임에서 들은 이야기가 참 재미있다. 구성원 중 한 사람은 항상 부정적이다. 대부분이 뜻을 같이하는 일이라도 그는 다른 시각으로 태클을 건다. 긍정적인 사람은 항상 긍정적인데 비해 부정적인 사람은 언제나 부정적으로 접근한다. 하도 말썽을 부리니 한 여성회원이 그를 두고 '삐딱선' 이라는 표현을 한 게다. 사전에는 '무언가가 못마땅하여 말이나 행동 따위가 비뚤어져 있는 상태를 비유적으로 이르는 말' 로 나와 있다. 주위에 삐딱선 타는 사람 없는지 모르겠다.

역발상

세상사 아무리 고달프다 해도 맘만 돌려 먹으면 편할 수도 있나 보다. 직장에서 처음에는 주말 근무가 맘에 들지 않았다. 주요 행사가 주말에 몰리고, 또 남들처럼 주말 나들이가 어려운 때문이다. 하지만 시간이 지나면서 차츰 적응하게 된다. 주말에 쉬면 조간신문 읽는 게 많이 길어진다. 낮 동안 언제라도 읽을 수 있다고 믿기 때문이다. 때로는 누워서 게으름을 피우기도 한다. 주말 근무가 생활화되니 그런 우려는 아예 사라져 버렸다. 주말의 장점까지 찾게 되니 이제는 더 근무해도 괜찮겠다는 생각이 든다.

꿈이 유죄인 걸

상상하기 어려운 일이다.
아내를 발로 차다니…, 저녁에 소파에 누워 편히 TV를 시청하고 있었다. 초저녁잠이 많은 내가 깜빡 잠이 들었던 게다. 아내가 내 다리를 때려 깨운다. 웬일인지 물으니 갑자기 두 발 연속으로 자기 머리를 강타하더라나. 소파 아래서 머리를 괴고 TV 보던 아내 머리가 내 발 아래 있었던 모양이다. 꿈결에 달아나는 범인을 걷어차는 쾌거를 이루었는데 그 불똥이 아내에게 튄 것이다. 아픔을 못 참는 아내 머리를 어루만져 주면서 잘못을 빌었다. 하지만 꿈이 유죄인 걸, 난들 어쩌겠는가.

Job과 Calling

직장 생활이 40여 년에 가까워 오니 지난 일들이 생각날 때가 있다. 봉급의 두께에 민감한 사람이 있는가 하면, 급여에는 별 관심 없이 일만 열심히 하는 직원도 있다. 돈에 민감한 직업을 Job이라 하면 Calling은 소명 의식을 가진 천직의 개념을 띈다. 다른 시각에서 보면 전자는 아마추어, 후자는 프로에 비길 수도 있을 것이다. 맡은 일이 천직이라 여기면 지루하다거나 불만이 자리할 틈은 없다. 나는 Job 보다는 Calling이라는 사명감으로 즐겁게 일한 것 같다.

복 나갈 짓

가족이나 친척끼리 갖는 식사 자리와 단체로 가는 회식 자리의 차이가 무엇일까. 가족이나 친척들끼리 하는 식사 자리에서 불고기를 남기는 경우는 거의 없다. 하지만 단체 회식 자리에서 고기를 남기는 경우는 너무도 흔하다. 나는 이것을 무척 싫어한다. 공금도 회비로 충당되는 것인데 마구 주문하고는 다 먹지 못하고 버린다. 나는 어릴 때부터 음식 아까운 걸 배우며 살았다. 지금도 밥이나 고기를 남기는 사람은 복이 나간다고 믿고 있다.

어쩌면 좋단 말인가

인사성이 너무 밝아 화근이다. 출근길, 3호선에서 내려오는 길에 안면 있는 노신사를 만났다. 지인과 너무도 닮아 먼저 인사했더니 반응이 영 어색하다. 바로 눈치를 채고 사과하여 순간을 모면했지만 엉뚱한 사람이다. 며칠 전에는 3호선 열차 앞좌석에 앉은 젊은 여성이 조금 낯익었지만 행여 실수할까 봐 망설였다. 그 순간 그녀가 먼저 인사해 온다. 함께 근무한 적이 있는 여 선생님이다. 연수차 경북대에 간다며 학교 소식을 두루 전한다. 먼저 인사하다 실수, 또 망설이다 실수? 이를 어쩌면 좋단 말인가.

미워하지 않으리

말을 반복하다 보면 닮는다는 얘기가 있다. 부정적인 말은 가급적 삼가는 게 좋다. 죽겠다, 못 살겠다, 바쁘다는 말을 입에 달고 사는 사람도 보았다. 나는 이 말들을 멀리한다. 노래 가사가 유독 부정적인 가수의 뒤끝이 좋지 않은 경우도 있지 않은가. 자꾸 덥다는 말을 반복하면 더욱 지치게 된다. 며칠 못 가 소멸되고 말 무더위를 너무 미워할 필요는 없으리.

턱수염 유혹

매일 수염 깎는 일이 귀찮게 여겨질 때가 있다. 할아버지와 아버지의 덥수룩한 수염에 영향 받았음도 있을 터이다. 젊은 사람이 수염을 기르면 건방져 보이기도 하고 어색한 느낌을 주기도 한다. 수염 깎는 일이 귀찮아질 때마다 길러보고 싶은 충동을 느낀다. 수염 기른 내 모습은 어떠할까. 내가 제일 오래 기른 기억은 휴가 때 3, 4일 정도이다. 깎는 수고는 덜 수 있었지만 내 몰골이 말이 아니었다. 하지만 직장을 떠난 후 주변의 격려가 있다면 다시 용기를 내 보고 싶다.

선천적 재능

발명왕 에디슨이 말했는가. 천재는 1%의 영감과 99%의 노력으로 이루어진다고. 김연아 같은 실력, 이문열 소설가 같이 발군의 실력을 발휘하는 경우, 타고난 재능과 후천적 노력이 차지하는 비중이 얼마큼 될까. 에디슨이 말한 99%의 의미는 후천적인 노력을 장려하는 느낌이 강하다. 한국의 유명 여성 작가 두 분에게 실제로 물어본 적이 있다. 한 사람은 타고난 자질 부분을 90%로, 또 한 사람은 70% 정도가 된다고 하였다. 후자는 참석한 청소년들을 위한 배려 차원이 아닐까 여겨진다. 선천적인 자질이 없는 경우 성장 발달에는 한계가 있는 게 아닐까. 특히 운동선수들에게는 더욱 그런 생각이 든다.

살구를 줍다

새벽 운동을 오래하다 보니 계절에 따른 변화가 낯설지 않다. 감꽃이 떨어지는 것을 보면서 오래지 않아 살구가 떨어질 거라는 기대를 했었다. 아파트 담장 곁에 심어둔 살구나무에서 떨어지는 살구를 경험한 게 몇 해 반복 되기 때문이다. 아내가 사온 살구를 먹으면서 그런 기대가 더욱 부풀었다. 오늘 새벽 드디어 그날이 왔다. 살구 여남은 개가 길 위에 떨어져 있길래 실한 것 두 개를 주워왔다. 물로 씻은 후 먹어보니 시장에서 사온 것보다 더 쫀득쫀득하고 맛이 좋다. 시골서 새벽에 감을 주워와 삭혀 먹던 옛 시절이 그리워 나는 그냥 지나치지 못한다.

교통사고 합의

지난 주말 서행하는 내 차를 뒤에서 들이받는 사고가 발생하였다. 추돌한 화물차 기사는 휴대폰으로 통화하다가 실수했다며 사과했지만 내 차는 한동안 정비공장 신세를 지게 되었다. 어제 상대 보험사에서 합의를 위해 만나자고 하여 만났다. 나는 멀쩡했지만 아내가 작은 부상으로 통원치료를 받고 있기 때문이다. 모두 바쁜 사람들인지라 합의를 해주고 싶었다. 금액이 좀 적다고 했더니 나더러 병원 치료를 의뢰하면 더 많은 보상 길이 열릴 수 있다고 한다. 멀쩡한 사람이 병원에 간다? 나이롱환자가 있다고는 들었지만 양심을 속이는 일은 상상키 힘들다. 원하는 합의서에 바로 서명했더니 귀한 사례라며 깊이 고개 숙인다.

복권을 사야하나?

요즘 들어 꿈이 많아졌다. 잠자는 동안 온통 꿈만 꾼 것 같은 느낌이 들 때도 있다. 참 묘하다. 현실에서는 생각지도 못한 일들이 꿈속에서 술술 풀려 나온다. 외국인을 만나 어려운 영어 대화도 유창하게 한다. 흉한 꿈 보다는 즐거운 꿈이 대부분이어서 다행이다. 꿈 이야기를 할 때마다 아내는 복권을 사야 한다며 나를 조른다. 여태 복권에 눈 돌린 적이 없는 내가 마음을 바꾸기는 어렵다. 꿈 보다는 해몽을 즐기는 내게 큰 기쁨이 오려나 기대하면 맘은 더욱 즐거워진다.

환경은 못 속여

자라난 환경을 숨기기는 힘들다. 동일한 씨앗도 토양과 기후 조건에 따라 결실에서 차이가 난다. 어린 시절을 시골서 보낸 나는 사물을 볼 때마다 어릴 적 경험을 떠올리곤 한다. 사람이 물밀듯이 몰려드는 걸 보면 잘 대어놓은 대통발에 미꾸라지가 들어가는 걸 떠올린다. 일교차가 심한 날 새벽 운동을 나가면 새벽 일찍 소 먹이러 가던 어린 시절이 생각난다. 두꺼운 옷을 입고 나갔다가 해가 뜨면 거추장스러워 벗어버리던 그 시절 말이다. 아침저녁 소 먹이러 다니는 게 지금의 등산이다. 그때 등산 덕분에 내 다리는 지금도 건강한 편이다.

마음을 잡수시다?

외국인들을 만나면 우리 말이 참 어렵다고들 한다. 내가 생각해도 그렇다. 특히 존칭에 대한 어휘들은 너무도 다양하여 틀리기 쉽다. 아침 신문을 읽다 깨달은 바 있다. 병문안을 가면 환자나 가족들에게 "마음을 단단히 잡수셔야지요?"라는 표현을 흔히 사용한다. 틀린 표현이라는데 고개가 끄덕여 진다. "마음을 단단히 먹으셔야지요."가 옳은 표현이다. 백화점 카운터에 근무하는 점원의 높임말도 도가 지나치기 일쑤이다. "손님, 물건(영수증) 나오셨습니다." 사람이든 물건이든 존칭부터 사용하는 게 대세처럼 굳어지고 있다. 우리말이 어렵긴 해도 갈고 닦는 일에 소홀하면 금방 황폐해지고 만다.

하이, 헬로우!

한 무리의 초등학생을 만나 이야기할 기회가 있었다. '하이텍' 을 설명하는 과정에서 '하이' 의 뜻을 물었더니 '높은' '고도의' 등으로 말하는 학생이 다수였다. 그러나 한 학생은 손을 번쩍 들면서 큰 소리로 '헬로우 처럼 인사하는 것' 이라고 하였다. 물론 원하는 답은 아니었지만 무척 신선하게 다가왔다. 하이텍은 '고도의 기술' 정도로 이해되지만 그걸 떼어 물었을 때 인사라고 한 학생의 답이 결코 잘못되었다고 할 수는 없을 것이다. 남들보다 다른 생각, 창의적인 상상이 어린이의 꿈을 키우는데 도움이 될 수도 있을 것이다. 나는 그 학생을 크게 칭찬해 주었다.

가로수 단상

여행을 좋아하는 내게 남아있는 기억 중에는 지방마다 특색있는 가로수가 있다. 타지의 사람들이 대구에 오면 동대구로의 히말라야시다를, 순창에 가면 메타세쿼이아를, 청주에 가면 플라타너스 길을 쉽게 떠올린다. 경남 고성에는 잘 가꾸어진 소나무 길, 청도에는 감나무 길, 충주에는 사과나무가 과일을 주렁주렁 매달고 방문객들을 반긴다. 거대하지는 않더라도 도시 들목에 심어 가꾼 그들의 아이디어가 참 돋보였다. 반짝이는 아이디어 덕분에 세월이 흘러도 기억에서 잘 지워지지 않는다.

아를 조지다

영어 회화 공부하는 방에서 빵 터졌다. 영어 속담 중에 '매를 아끼면 아이를 망친다' 는 말이 있다. 'Spare the rod and spoil the child' 인데 이를 인용하는 과정에서 실수(?)를 저지르고 말았다. 내가 말한 내용을 그대로 옮기면 '매를 아끼면 아를 조진다.' 이다. 모두가 크게 웃는 바람에 무척 민망해졌다. '조진다' 는 말을 사투리 아니면 속어 정도로 여기는 사람이 많다. 표준어이다. 사전에는 '망치다. 그르치다.' 라고 되어 있다. 그런데 말한 나는 미안하고, 듣는 사람들은 왜 웃음보를 터뜨렸을까?

0층

동유럽 여행 중 가지게 된 의문이다. 호텔에 들어갈 때마다 헷갈리는 일이기도 하다. 우리는 1층이라면 제일 아래층을 말한다. 0이라면 아무것도 없는 무의 상태를 일컫는다. 하지만 유럽에서는 우리의 1층에 해당하는 층을 0층으로 표시하는 바람에 가이드의 부연 설명이 꼭 뒤따른다. 유럽은 0층에서 시작하고, 우리는 1층에서 시작되는 차이를 보여준다. 나라마다의 다른 전통이 있다지만 어느 쪽이 더 합리적인지 의문이 들었다.

중량을 줄이라고?

정기 검진을 위해 병원에 들렀더니 의사가 몸무게를 줄이지 않았다고 야단을 친다. 고백건데 나는 밥살이 아니다. 운동으로 다져진 몸이라고 이야기하면 어떤 반응을 보일지 모르겠지만 목욕탕에만 가면 기를 좀 펴는 편이다. 더군다나 내 몸무게는 대학시절부터 군대생활, 사회생활을 거치면서도 일관되게 유지해온 중량인데 이걸 어떻게 줄인담? 의사 왈, 신차일 때 견딜 수 있는 중량과 중고차일 때 지탱할 수 있는 중량은 차이가 나니 고물되기 전에 적재량을 줄여야 질병이 없다며 나를 다그친다. 새벽 기상과 함께 조깅 경력 반세기, 술 담배까지 않는데 이젠 밥까지 굶어야 할지 목하 고민 중이다.

끌고 때리고

누구나 말하는 버릇이 있을 터이다. (너무 길게 말한다. 침을 튀긴다. 상대방의 팔을 잡아끈다. 툭툭 친다. 제스처가 너무 크다.) 여기에 하나도 해당되지 않는다면 더할 나위 없이 좋다. 나도 실수하는 경우가 있을까봐 종종 돌아본다. 상대방에게 말할 틈도 주지 않고 내 말만 하지는 않았는가. 실제로 경험한 일이다. 악습이 하나만 있는 게 아니고 복수로 다가온다. 그의 곁에만 있으면 헤어나고 싶다. 툭툭 치기도 하고 팔을 당기기도 한다. 워낙 말을 길게 하기 때문에 눈치라도 주려고 시선을 옆으로 돌리면 그냥 놔두질 않는다. 자신의 행동을 전혀 의식하지 못한다. 말은 상대방과 균형을 맞춰야 함은 물론이다.

이 버릇을 어이할꼬?

누구나 독특한 버릇 하나쯤은 가지고 있다. 나는 약속 장소에 너무 일찍 가는 습관이 있다. 시간을 어기면 죄지은 것만큼이나 죄송스럽다. 저녁 6시 반 약속 시간을 맞추기 위해 한 시간 전에 나섰다. 10여 분 여유가 있을 줄 알았는데 6시 전에 모임 장소에 도착하니 아무도 없다. 시간을 맞추기 위해 아무리 노력해도 항상 1, 2등이다. 아내와 함께 가는 약속 때는 종종 다툰다. 1, 20분 전에 도착해야 한다는 나와 정시에 도착하면 된다는 아내의 주장이 팽팽히 맞선다. 약속 장소에 가 보면 빨리 오는 사람은 항상 그 사람들이다.

작품과 현실 사이

작품집 한 권을 읽으면 저자의 세계를 어느 정도 짐작이 가능하다. 문학성은 물론 사고와 주요 관심사, 그리고 서정 서사적 관점을 엿볼 수 있다. 어떤 작가는 작품의 향기에 비해 인격의 향기가 더 높은가 하면, 어떤 작가는 우수한 작품에 미치지 못하는 그의 인간성에 실망한다. 특히 수필에 있어서 작품과 행동의 괴리는 부끄러운 일이다. 상식을 벗어난 행동거지, 남의 일에 트집 잡는 사람은 작품의 향기를 크게 퇴색시킨다. 작품의 우수성에 못지않은 행동의 품격은 모든 작가들에게 요구되는 중요한 덕목이 아닐 수 없다.

뜻밖에 기쁜 일

조간신문을 읽으면서 '오늘의 운세'를 빠뜨리지 않고 본다. 전적으로 믿는다기보다는 하루를 보내면서 얼마만큼 맞는지, 또 운세가 좋은 날이면 그렇게 되면 좋겠다는 기대로 살아가는 재미도 있기 때문이다. '뜻밖에 기쁜 일을 만나게 되리라.' 오늘의 내 운세이다. 어떤 기쁜 일이 나를 기다리고 있을까. 아니면 내가 만들어야 다가오는 것일까. 꿈 이야기는 아침에 하지 말랬는데, 소중한(?) 비밀을 너무 일찍 발설한 건 아닌지 모르겠다.

내가 살고 남을 살리는 길

운전 습관을 보면 참 다양하다는 생각이 든다. 평소 얌전한 사람도 운전대만 잡으면 딴사람 같다. 정숙한 여성인 줄 알았는데 차를 함께 타보면 전혀 다르게 운전한다. 나는 운전 수칙을 잘 지키려고 노력하는 편이다. 고속도로에서도 지정 속도와 안전거리 확보에 무척 신경을 쓴다. 가족들로부터 핀잔을 받을 때도 있지만 그들에게도 준수토록 당부한다. 습관이 되다 보니 지하 주차장에서도 간혹 방향 지시등을 켜는 경우가 있다. 사소한 것 같지만 교통법규 준수는 내가 살고 남을 살리는 길이다.

2부
지랄용천 떨다

국숫집의 애환

나는 밀가루 음식을 좋아한다. 국수, 수제비, 라면 빵 등등… 하지만 요즘 들어서 밀가루 음식을 좀 자제하려고 애쓴다. 병원에만 가면 의사들이 이구동성으로 밀가루 음식을 먹지 말라고 당부한다. 물론 몸에 좋지 않다는 생각으로 하는 조언이지만 밀가루를 재료로 쓰는 음식점 등에 미치는 영향은 클 것이라는 생각이 든다. 그래선지 예전에 붐비던 국숫집이 파리를 날리고 있다. 자주 들렀던 식당에 가 봐도 예전에 비할 바가 못 된다. 전에는 전혀 상상하지 못한 일이다. 모든 일에는 홍망성쇠가 있는 법인가. 관련 단체에서 합심하여 의사협회에 로비라도 해야 하지 않을까 모르겠다.

양심 시험대

아내와 가까운 청도를 다녀왔다. 남산에 올랐다가 돌아오는 길에 화양에 있는 청도 읍성에 들렀다. 바로 옆에는 향교와 석빙고까지 귀한 유적이 있어 찾는 사람이 많다. 주차장 옆에는 감 상자가 높이 쌓여 있다. 주차하면서, 또 구경하고 나오면서 살폈지만 판매하는 사람이 보이지 않는다. 감을 보면서 기다렸지만 그래도 주인이 나타나지 않는다. 그냥 가려다 다시 눈여겨보니 '무인 판매대' 라는 글귀와 함께 성금함 닮은 돈 통이 보인다. 참 기분이 좋았다. 주인의 용기와 구입하는 사람의 양심 시험대 같은 생각이 들어서다. 우리는 주저 않고 잘 익은 홍시 한 박스를 들고는 제시된 금액을 돈 통에 넣었다.

거짓말의 끝

참 난감한 일도 다 있다. 거짓말을 어디까지 해야 한단 말인가. 군대 시절, 고향에서 전보가 오면 휴가가 가능하였다. 휴가 가려고 부모, 삼촌, 친지 모두를 고인으로 만든 괴짜 병사가 있었다. 요즘 나도 그 꼴을 닮아가고 있다. 대학병원에서 매년 2회 건강 검진을 받는데 담당 의사는 언제나 몸무게를 줄이라고 한다. 못 줄이면 야단까지 친다. 반세기에 걸친 새벽 운동 덕분에 대학시절부터 지금까지 비슷한 몸무게를 유지하고 있다 해도 통하지 않는다. 먹는 것을 줄이면 안 되고 영양가로 승부하란다. 이토록 어려운 난제를 강요하니 거짓말이 나올 수밖에 없다. 몇 차례 거짓 대답하고 보니 이젠 더 내려갈 곳도 없다.

삶과 죽음

외국 여행을 할 때면 장묘문화가 어떤지에 관심이 간다. 우리의 경우 매장문화 때문에 산이 온통 묘지로 덮이다가 요즘은 화장이 성행하여 그런 우려를 조금은 덜어주고 있다. 미국을 여행하는 동안 많이 보았다. 마을 한복판에 비석만으로 공동 묘원이 조성되어 있다. 어떻게 동네 한가운데 이런 묘지가 존재하는지 의아했다. 우리나라에선 상상하기 힘든 일이다. 혐오 시설이라며 장애인 학교도 설립 반대 데모를 하는 형편이고 보면 나라마다 풍습이 다름을 절감한다. 뉴욕의 허드슨강 주위에는 수십만 평의 공동묘지가 조성되어 있다. 다리 난간에 펜스를 쳐 가렸지만 내 눈을 피할 수는 없었다.

통역기의 오류

미국과 캐나다 여행을 앞두고 영어 회화에 신경이 쓰인다. 여행 중에는 워싱턴 카네기 홀 공연도 예정되어 있다. 아내가 속한 K여고 동창 합창단 공연을 나는 지켜만 보게 된다. 현지 적응을 위해 스마트 폰에서 통역기를 작동시켜 본다. 영어로 말한 후 어떻게 우리말로 번역되는지를 관찰하는데 의외의 반응을 보인다. 영어로 유창하게 발음했는데도 번역이 이상하게 나온다. 외국인을 만나도 별 불편 없는 몸인데 어찌된 셈인지 모르겠다. 발음이 너무 출중하니(?) 번역기가 과민반응을 일으키는 것인가. 이런들 어떠며 저런들 어떠랴, 외국인과 소통만 되면 될 일이 아니겠는가.

쥐와 달리다

나는 좀 별난 사람인가.

보통 사람들은 상상하기 어려운 쥐와의 사연이 있다. 오른쪽 엄지손가락 안에는 쥐에 물린 흉터가 남아 있다. 예전 시골에서 두 차례나 헐렁한 바지 안을 타고 허벅지까지 올라온 놈을 잡은 적도 있다. 전생에 무슨 기연이라도 있는 것일까. 오늘 새벽 운동을 마치고 돌아오는 길에 큰 쥐와 맞닥뜨렸다. 쥐 잡는 명수가 그냥 지나칠 리가 없다. 구멍이나 맨홀에 들어갈 틈을 주지 않고 100m쯤 몰고 다녔다. 옛날 같으면 힘이 줄어든 쥐를 힘껏 차 버렸을 게 틀림없다. 하도 곡식들을 해치니 보는 족족 살생하였다. 그럴 수도 있었지만 달리기 경주만 실컷 하고 풀숲으로 놓아 주었다.

살생은 말아야지

아침 운동 길에 있은 일이다. 여성들이 운동을 마치고 떼 지어 오면서 발로 무언가를 차고 있다. 가까이 다가가 보니 곤충인 듯싶다. 그걸 어린아이들처럼 도로에서 발로 찬다. 그때 멀리서 이 모습을 바라본 다른 여성이 다가왔다. 내가 무슨 곤충인지를 묻는 순간 그걸 집어 든다. 남자들도 꺼리는 일을 주저 없이 행하는 걸 보고 놀랐다. 알록달록한 무늬를 가진 곤충이다. 길에 있으면 차에 치여 죽는다며 그들을 원망한다. 여성은 부리나케 집어들어 학교 숲에다 놓아준다. 무척 귀한 모습이다. 살생 가까이 다가간 여성과 그걸 구해주는 여성이 퍽 대조적이었다. 살생은 말아야지… 나도 반성할 일이 많다.

사고 다발 지역

행정안전부가 어려운 안전용어를 바꾸기로 했다. 환영할 일이다. 제세동기를 심장충격기로, 시건은 채움으로, 고박은 묶기로 바꾸는 등 안전용어 42개를 바꾼단다. 우리 주위에도 어려운 용어가 참 많다. 도로 운전 때 종종 보이는 '사고 다발 지역'도 눈에 거슬린다. 처음에는 사고가 다발로 발생하는 줄 알았다. 무지의 소치인가. 나중에는 한자어에서 딴 '많이 발생'임을 알았지만 왜 이런 어려운 용어를 사용할까. 초등학생이 '사고 다발'을 알까? 꽃다발처럼 무더기로 발생한다고 생각할 수도 있을 터이다. '사고 다발 지역' 대신 '사고 많은 지역'이라고 표시하면 얼마나 좋을까, 하는 생각을 늘 가진다.

언지예!

나는 옛날부터 전해 내려오는 사투리에 관심이 많다. 시골에서 성장하면서 들어온 말이 점차 사라지고, 또 거론하더라도 뜻을 모르는 경우가 허다하다. 매월 수성구청에서 발행하고 있는 소식지의 전면 표지에는 사투리 하나를 꼭 사용한다. 8월호의 경우, '명품 수성' 이라는 작은 제호 아래에다 큰 글씨로 '달싹한 팔월' 이라고 하였다. 사투리를 활용한 감성적인 표지 테마가 좋은 발상이라고 구청장을 추켜 세워준 적이 있다. 등산길에 문득 이 말이 들려왔다. '언지예!' 예전에는 종종 듣던 말이다. '아니라예' 와 유사한 표현이다. 젊은 여성이 이 말을 사용하면 더욱더 애교스러워 보인다. "우리 손 한번 잡을까?", "언지예!"

마음만 드립니다

흔히 들을 수 있는 말이다. 행동으로나 물질적으로 보답하지 못할 때 흔히 이 말을 쓴다. 선플 달기 운동을 호응하는 글을 올렸더니 몇몇 양심가가 고해성사(?)를 해온다. 좋은 글을 읽을 때 댓글로 격려하고 싶은 생각은 간절하나 그게 맘처럼 잘 되지 않는다고 한다. 행여 글을 올린 분의 마음을 상하게 할지도 모르고, 또 댓글이 몸에 익지 않아서 등등… 심지어는 이 눈치 저 눈치 다 봐야 하는 경우도 있다. 맞는 말이다. 댓글 올리는 게 그리 쉬운 일은 아니다. 글을 읽을 때마다 항상 고마운 마음을 가진다는 그는 댓글 대신 "마음만이라도 전하고 싶다." 며 미안해한다.

상의 무게

운동선수에게 메달 하나 쯤 있으면 돋보인다. 체육 특기자가 진학할 경우 전국체전 또는 어느 급의 경기에서 입상한 경력을 요구하기도 한다. 문학계에도 비슷한 현상을 보인다. 작가의 경력에 수상 내용이 없으면 뭔가 초라하게 여겨진다. 괜찮은 상을 폼 나게 진열해 놓고 싶은 생각이 누구나 있을 게다. 상이 휘어지도록 온갖 잡상을 다 올려놓는 작가도 본다. 일정 교육 경력자에게 주는 훈장까지 올린다. 하지만 내가 존경하는 중견 수필가는 무거운 직책과 굉장한 상을 모두 내려놓는다. 상 없는 작가들에 대한 위로인가, 그녀의 겸손인가. 그 작가가 우러러 보일 때가 있다.

그립고 보고 싶습니다

가족과 영천 고경면에 있는 호국원을 다녀왔다. 대전에 이어 지방에 만들어진 호국 영령들을 위한 국립묘지이다. 이곳에는 장인어른이 잠들어 계신 곳이다. 입구에만 들어서도 숙연한 마음이 인다. 한 분 한 분 모두가 나라를 위해 애쓰다 돌아가신 분들이다. 장인어른이 계신 이웃을 살펴본다. 병장인 장인 옆으로 일병이 있는가 하면 경찰, 소방 공무원들도 보인다. 모두 나라를 위하다 돌아가신 유공자들이다. 어느 생화 바구니에는 이렇게 쓰여 있다. “아버지 어머니, 그립고 보고 싶습니다.” 그걸 읽으면서 나도 모르게 눈물이 핑 돌았다.

세뱃돈 유혹

내가 어릴 때는 세뱃돈이라는 게 없었다. 세배를 다녀도 먹거리만 주면 그것으로 만족하였다. 차츰 도시생활에 젖으면서 아이들은 세뱃돈을 받았다. 세뱃돈은 아이들에 대한 격려이기도 하지만 소원했던 친인척 어른들에 대한 고마움이 담겨있는 것도 사실이다. 아이들은 서로 얼마를 받았느니 자랑하고 다닌다. 이걸 잘못 보는 부모가 있다. 물론 돈을 잃어버릴까봐 우려의 맘도 있지만 아이들을 꼬셔 약탈(?)해 가는 부모가 반드시 있었다. 명목은 나중에 준다거나, 저금할 때 보탠다고 하지만 부도 내는 부모가 없지 않았다. 얼마 전 세뱃돈 얘기를 끄집어냈더니 다양한 사연이 나와 흥미로웠다.

욕하면서 닮는다

나이가 좀 들어서일까.

옛 어른들의 말이 맞다며 무릎을 칠 때가 있다. 그 중에서 '욕하면서 닮는다'는 말에 특히 애정이 간다. 입만 열면 남 흉보는 사람도 보았고, 또 남의 장점을 주로 이야기 하는 사람도 보았다. 어릴 적 나에게 칭찬과 격려를 해준 고마운 어른들은 잘 잊지 않는다. 남 욕하는 사람치고 잘되는 경우는 보기 힘들다. 선생님의 칭찬 한마디에 용기를 가지고 성공한 사람도 많다. 나도 남 이야기 할 때가 있지만 가급적이면 욕은 피하려고 노력한다. 남 욕하면서 부정적으로 닮아가는 경우를 너무도 많이 보았기 때문이다.

테니스의 매력

나이 들면서 자기가 좋아하는 운동 한 가지쯤 가지면 참 좋다. 탁구도 좋고, 골프도 좋지만 나는 테니스를 좋아한다. 그런다고 높은 경지에 오른 것은 결코 아니다. 유치원생들의 재롱잔치 수준에 머무르지만 코트에만 나오면 펄펄(?) 난다. 덩치에 비해 날렵한 재주를 갖고 있음을 테니스 동호인들은 다 알고 있다. 여행 갈 때도 그러하지만, 장소보다도 함께하는 사람이 누구냐가 더 중요할 때가 많다. 예술회관 뒤편의 꿈같은 힐링 숲속, 손 기술보다 입 기술이 훨씬 능한 회원들과 실컷 웃고 나면 스트레스가 확 날아간다. 식당에 가면 문학, 시국 강연이 줄을 잇는다. 그런 날이 한 달에 한 번 있다는 게 아쉽다.

선비 개

함양 선비문화 탐방로를 걷던 중에 있었던 일이다. 6Km에 달하는 탐방로의 출발점은 두 곳이다. 아래 주차장에서 시작하는 길을 택했다. 조금 걷고 있는데 우리 앞에 작은 개가 나타났다. 계속 우리 앞에서 일정 간격을 유지한다. 가이드를 자청하고 나선 것처럼 보인다. 차도를 건널 때도, 길이 갈라져도, 한참 휴식해도 기다렸다가 줄곧 우리 앞을 인도한다. 이렇게 기특할 수가 있나? 계속 꼬리 치면서 앞서는 양이 전문 안내원 같다. 4Km정도 지나니 이젠 다정한 친구처럼 대한다. 사람이 그리웠을까, 아니면 선비길을 걷다 반 선비라도 된 것일까?

명강의 감상법

강의에 참석한 분들의 느낌을 들으면 모두 제각각이다. 일치된 생각을 듣기란 무척 어렵다. 저마다의 판단 기준이 다르기 때문이다. 여행을 가도, 등산을 가도 그런 얘기를 종종 듣는다. 장소를 잘못 선정했느니, 몇 차례 가 본 곳이라느니 불평을 늘어놓는다. 이런 유형의 사람들은 다른 사안에서도 비슷한 주장들을 펼친다. 이럴 때마다 '새벽 이슬' 을 생각한다. 흔히 인용하는 말이지만 뱀이 먹으면 독을, 젖소가 먹으면 우유를 만들듯이 자기 나름대로 소화시키는 자세가 중요하다. 유명 강사의 강의 때 밖에 나와 이러쿵저러쿵 불평하는 인사를 보았다. 어리석은 사람한테도 배울 점이 있다고 했거늘…

프로의 가치

프로와 아마의 차이를 생각할 때가 종종 있다. 자기 일에 전문성과 애정이 있는지, 아니면 그냥 마지못해 하는 일인지에 따라 결과는 확연히 차이가 난다. 아내의 구두 굽을 갈기 위해 수선집에 들른 적이 있다. 옆에 앉아 수선하는 모습을 바라보았다. 프로 중의 프로이다. 금액이 얼마가 나올지 생각해 보았다. 수선 전에 가격을 묻지 않았기에 달라는 대로 줄 수밖에 없다. 수선을 끝내더니 구두약을 듬뿍 발라 윤기까지 낸다. 완전 딴 구두 같았다. 좀 비싸다는 생각이 들었지만 두말 않고 건네며 경의를 표했다.

고스톱의 묘미

모처럼 가족 고스톱 판이 벌어졌다. 얼마 만에 가져보는 게임인지 잘 기억나지 않는다. 모두가 초보 수준이어서 실수 반, 웃음 반이 된다. 고스톱만 하면 옛 일이 생각난다. 오래 전 KBS TV서 '일요 법정' 을 인기리에 방영한 적이 있다. 이날은 '고스톱' 을 주제로 찬성 편에 임재해 안동대 교수, 반대편에 김홍신 소설가가 나섰다. 양쪽 주장을 펼치는데 임 교수의 용기가 돋보였다. 현직 교수가 찬성편에 서다니…. 임 교수는 "고스톱보다 재미있는 가족 놀이가 없다. 과욕만 부리지 않으면 뭐가 문제냐?" 고 묻는다. 최근 언론에서 그를 국내 최다 논문 발표자라고 보도한 걸 보았다.

은행과 홍시

새벽 운동길에 복병이 있다. 한동안 은행이 차지하더니만 요즘은 홍시가 그 자리를 메운다. 단풍이 아름다운 은행나무를 모두 좋아하지만 땅바닥에 떨어지는 은행 알이 문제다. 냄새가 지독해서다. 일찍 암수 구별할 방법이 있다면 암놈을 심지 않으면 해결될 텐데 그게 원만하지 않은 모양이다. 아파트 담 안에서 보도에 떨어지는 홍시도 여간 성가시지가 않다. 땅바닥을 유심히 살피지 않다가는 낭패 당하기 일쑤다. 퍼드러진 홍시는 보기에도 흉하다. 은행과 홍시가 이 지경이 된 게 안타깝다.

개소리

외로운 사람이 많다는 증거일까, 아니면 동물 애호론자가 불어난 때문일까. 가는 곳마다 개 천지이다. 조금 과장하면 늑대만 한 개를 끌고 다니는 사람도 만난다. 자기가 좋아하는 일에 간섭할 생각은 전혀 없다. 하지만 남에게 피해 주는 일은 삼가는 게 옳다. 목줄을 매지 않아 맘대로 뛰어 다닌다거나, 똥을 싸도 치우지 않는 사람은 문제가 있다. 요즘 들어 아파트 어딘가에서 들려오는 개 짖는 소리가 끊이지 않는다. 아무리 개가 좋다지만 이웃을 성가시게 해서는 곤란하다. 개소리 그만 들었으면 좋겠다.

식겁하다

경상도 사람들이 흔히 사용하는 단어로 '식겁하다'는 말이 있다. 사투리로 여기는 사람이 있지만 그렇지 않다. '크게 놀라다', '경을 치다', '혼쭐나다', '고생하다' 등과 같이 좀 더 강렬한 뜻으로 쓰인다. '식겁하다'는 표준어이지만 경상도 방언으로 타지방 사람에게는 비속어로 받아들여질 수 있다. 예전에 즐겨 사용하던 말들이 사라지고 있다. 대신 긴 말을 줄이고 왜곡하는 경우가 잦아 우리말의 향기가 조금씩 줄고 있다. 구수한 옛말이 그립다.

기본자세

매사에는 기본이 중요하다. 사회 혼란의 근저에 항상 문제로 대두되는 게 기본이다. 기본에 철저하면 문제될 바가 없다. 운동에서도 예외가 아니다. 모든 운동에는 체력과 달리기가 바탕이 된다. 이게 부족하면 운동선수로 대성하기는 어렵다. 이와 더불어 자세도 간과할 수 없다. 마라톤 선수에게는 짧은 팬티가 필수이듯이 결과가 미흡해도 기본자세가 충실하면 질책 받지 않는다. 경기에 지고도 상대 선수의 팔을 들어주는 모습, 넘어진 선수를 일으켜 함께 결승선으로 들어서는 선수는 운동의 기본이 된 사람이다.

글 도둑

SNS에 자주 글을 올리는 사람의 경우 그의 취향까지도 알 수 있다. 어쩌면 이렇게 평소와 다른 타입의 훌륭한 칼럼을 쓸 수 있을까 하고 봤는데, 알고 보니 다른 사람의 글을 그대로 옮긴 거다. 남의 글을 통째로 인용할 때는 명확히 출처를 밝혀야 한다. 이는 저자에 대한 예의요, 법적으로도 맞는 일이다. 출처를 밝히지 않는 것은 남의 지식을 훔친 것과 같다. 논문은 일부 인용해도 주석을 다는데 전부를 옮겨오면서 출처를 밝히지 않고 자기 것처럼 발표하는 것은 삼갈 일이다.

지랄용천 떨다

작품을 읽다말고 피식 웃음이 나왔다. 오랜만에 만나는 욕인데다 글을 쓴 교수를 생각해서 그렇다. “나도 양팔을 높이 쳐들었다가 흔들었다가 온갖 지랄용천을 떨었다.” 지랄용천의 사전적 해석은 ‘마구 법석을 떨거나 꼴사납게 날뛰는 모습을 욕하는 말’ 이라고 되어있다. ‘문디 지랄’ 과 동격이다. 이토록 상스러운 욕을 남에게 했다면 대판 싸움이라도 났을 법하지만 자신에게 던지는 욕이어서 뒤탈은 없다. 그렇다고 하더라도 인격이 고매하고, 수필과 평론에 정통한 그에게 어울리지 않는 불량 어휘라는 느낌은 지울 수 없다.

기본이 무너진다

앞날을 걱정하는 사람이 많다. 버스 안을 살피지 않아 아이가 질식한 일, 광란의 질주를 한 해운대 사고, 관광버스 기사의 졸음 운전 등은 물론이고, 사회 지도층과 정치인들의 일탈 행위를 보면 어디 성한 데가 보이지 않는다. 며칠 전 유학(儒學)을 전공하는 저명한 교수를 만나 이 같은 문제에 대한 처방을 물었다. "기본이 지켜지지 않고 있습니다. 주차하는 모습부터 보세요." 좋은 머리, 좋은 대학을 나와 높은 지위에 올라도 기본을 망각해 버리면 사회질서는 무너지고 만다. 남 이야기는 쉽게 하지만 나의 기본은 지켜지고 있는지 돌아본다.

운동선수의 몸값

올림픽에서 메달 따는 선수들을 보는 게 즐겁다. 그들이 받을 포상금을 생각하면 부럽기도 하다. 야구나 축구 선수들의 연봉에 놀랄 때도 있다. 하지만 연봉이나 수당이 높다고만 생각지 않는다. 높은 연봉을 받는 사람이나, 금메달을 따는 사람은 극소수에 불과하다. 운동 선수의 수명은 대체로 짧다. 예전 대기업 근무 시절 우리와 거래하는 삼성전자 직원 중에 큰 키의 농구선수가 있었다. 운동 중 몸을 다쳐 사무직으로 전환한 경우인데 무척 안 돼 보였다. 운동선수의 몸값, 결코 높은 게 아니라는 생각을 가진다.

약속

나는 약속을 지키려 노력하는 편이다. 모임 연락을 받고 참석이 어려우면 불참을 꼭 알려준다. 너무 빨리 나가는 잘못된(?) 버릇도 갖고 있다. 늦은 사람은 항상 늦게 나온다. 늦게 나오는 주제에 "오늘은 참석자가 왜 이리 적으냐?"는 식의 불평을 하는 사람도 보았다. 자주 듣는 이야기가 있다. 나오기로 약속한 사람이 보이지 않아 집으로 전화하면 그제야 "일이 있어 못 나가게 되었다."고 태연히 말하는 사람이 꽤 있다고 한다. 우리 주변에 이런 사람이 있다는 것은 무척 실망스러운 일이다.

유머의 달인

유머를 좋아하지 않는 사람이 있을까. 동일한 내용이라도 누가 말하느냐에 따라 느낌이 사뭇 다르다. 본인은 전혀 웃지 않으면서 듣는 사람에게 배꼽을 잡게 한다. 유머에는 말하는 기교와 함께 품질도 좋아야 한다. 몇 해 전 남도 기행 때 동행한 문화해설사가 한 이야기는 두고두고 잊히지 않는다. 가는 곳마다 그곳에 맞는 명언을 생산한다. 진도를 둘러보면서 이런 말을 남겼다. "진도에서 진돗개가 짖으면 창이 되고, 꼬리치면 휘호가, 똥을 누면 낙관이 된다."고 능청을 떨었다. 1박 2일 동안 그 덕분에 실컷 웃었다.

종이신문

독서의 중요성과 함께 종이신문의 진가가 연일 조명되고 있다. 어릴 적, 책을 읽어야 한다는 선생님의 말씀을 실감하기는 어려웠다. 만화책도 포함되는지, 어떤 책이 좋은지를 상세히 알려주지도 않았다. 당시엔 책도 무척 귀했다. 나이가 드니 정말 독서의 중요성을 절감한다. 논리적인 말과 글 잘 쓰는 분은 청소년기부터 책을 많이 읽은 덕분이다. 종이신문을 계속 읽은 사람은 어딘가 표가 난다. 퀴즈 프로에서 우승하는 사람 대부분은 매일 신문 한두 부를 정독한다고 말한다.

주먹이 운다

이 말을 들어본 적이 있는지 모르겠다. 분함을 참지 못해 부르르 뜨는 경우도 있지만 조폭 같은 부류들이 폭력을 부르는 경우에도 사용된다. 쥐는 끊임없이 이빨을 갈아야 생존이 용이하다. 이성을 잃고 싸움을 걸어오는 사람과는 거리를 두는 게 최선이다. 부부 사이에서, 이웃 사이에서 얼굴 내밀고 때려보라고 악다구니를 쓰는 경우에도 그렇다. 말을 하면 말꼬리 잡고 늘어지거나, 없는 말도 지어내어 문제를 확대시키는 사람이 있다면 우리 모두의 불행이다.

아름다운 마무리

아파트 승강기 안에 이런 요지의 방이 붙었다. “참다 참다 이 글을 씁니다. 밤 10시까지 들리는 노랫소리 때문에 시끄러워 도저히 견딜 수가 없습니다.” 내용으로 봐서는 몇 개월을 참은 것 같고, 노래 부른 사람은 젊은이로 추정된다. 불만을 정중하게 고해 예의도 차렸다. 다음 날 문제의 장본인이 공손히 답변을 올렸다. “그동안 폐를 끼쳐 대단히 죄송합니다. 경비실에 말씀을 드렸다면 바로 시정했을 텐데요. 노여움 푸시기 바랍니다.” 아름다운 마무리가 아닐 수 없다.

질문이나 하세요

나는 강의 후에 질문 시간을 꼭 준다. 못다 한 이야기를 할 수도 있고, 내용을 보완하는 의미도 크다. 더욱 중요한 것은 참석자들이 궁금한 부분을 압축하여 전해줄 수 있다는 점이다. 대학시절 학술발표대회에 가면 발표상도 있지만 질의상도 꼭 있었다. 질문을 하려면 강의 내용을 꿰뚫고 있어야 가능하다. 인근 도서관에서 인문학 특강 후 질문 순서가 있었다. 질문자는 "답변을 하지 않아도 좋다."는 말로 시작, 좌충우돌 식으로 자기 지론을 장황하게 펼치다 참석자들로부터 핀잔을 들었다. "질문이나 빨리 하세요!!" 이따금씩 이런 방향감각 상실자를 본다.

경적과 흡연

동유럽 여행 중 특별히 느낀 게 있다. 잘하는 것과 개선했으면 하는 바람이 이는 것이다. 독일, 오스트리아, 체코 등을 여행하면서 공통적으로 갖는 장점은 한 번도 자동차 경적 소리를 듣지 못한 점이다. 갑자기 끼어드는 무례한 차량도 보지 못했지만 제 차선을 지키는 모습이 좋았다. 중국 여행 때는 우리나라에 비길 수 없을 정도로 울리는 경적 소리에 짜증이 났는데 말이다. 하지만 유럽에서는 보행 중에 피워대는 담배 연기 때문에 상당한 부담을 느꼈다. 개인의 기호를 존중한다지만 남에게 피해주는 일은 삼가는 게 좋겠다는 생각이 떠나지 않았다.

일하는 즐거움

하는 일 없이 마냥 놀기만 하면 어떨까. 일에 찌든 사람이 종종 일 없는 세상을 기다린다. 나는 행복의 조건으로 세 가지를 든다. 건강, 돈, 즐거운 일이다. 돈이야 적당히 있는 게 좋다. 많으면 많을수록 욕심과 걱정이 뒤따르는 게 돈이다. 두 가지에 못지않은 게 바로 '좋아하는 일' 이다. 긴 세월 동안 일 없이 논다는 것은 고역에 가깝다. 할 일이 있고 난 다음에 취미 생활이다. 할 일이 있다는 것은 큰 축복이다.

담배 그만 태우소

매일 새벽 운동길에 만나는 청소부가 있다. 항상 담배를 피우며 사람만 지나가면 쓰레기를 많이 버린다는 등 온갖 불평을 쏟아놓는다. 오늘 새벽에도 역시 담배를 물고 비질하는 청소부 앞으로 운동길에 나선 분이 한마디 한다. “아따, 담배 좀 그만 태우소!” 그를 위한 말 같은데 반응은 차갑다. “보소, 담배 한 갑이라도 사주고 그카소!” 나도 예전에 고향의 이웃 동네 아저씨에게 술 이야기를 했다가 어머니의 제지를 받은 기억이 있다. 술 마시는 사람에게 절주 이야기를 하면 좋아하는 사람 아무도 없다고.

선물

선물의 계절이다. 없으면 섭섭하고 있어도 별로일 때도 있다. 회사서 준 선물 꾸러미를 들고 퇴근한 기억이 난다. 요즘이야 승용차에 싣고 다니지만 예전에는 들고 다니는 게 예사였다. 선물을 생각하다 보니 불현듯 이런 생각이 들었다. Gift? 주는 것일까, 받는 것일까. 받기를 기대하기보다는 주는 것이 좋을 듯싶다. Give it for them. 철자를 따라 자의적인 뜻풀이를 하고 보니 그럴듯해 보인다. 퇴근길 아파트 경비원이 전해주는 선물에 일희일비할 게 아니라 이웃에 베푸는 것이 진정한 선물일지도 모른다.

칼을 간다

나는 집안일을 많이 돕는다고 생각한다. 하지만 아내는 요즘 남편들이 당신만큼 집안일 돕지 않는 사람이 어디 있느냐고 반문한다. 힘 빠지는 일이다. 공치사라도 해주면 더욱 힘이 날 텐데, 그런 칭찬을 들은 기억이 없다. 과일을 깎을 때가 종종 있다. 껍질의 두께에서 큰 차이가 나기 때문이다. 내가 깎으면 필름처럼 얇다. 살이 뭉텅이로 빠져 나가는 아내의 작품은 졸작에 불과하다. 칼이 잘 들지 않을 때는 기술 발휘가 어려웠다. 어제는 용기를 내어 철물점에서 거금(?)을 주고 숫돌을 샀다. 무디어진 칼 10여 개를 모두 갈고 나니 기분이 좋다. 숙련된 솜씨를 발휘해야 하는데 이젠 깎을 과일이 없다.

일하는 즐거움

옛날 어른들이 '돈 버는 모퉁이는 죽을 모퉁이' 라는 말을 자주 하셨다. 당시에는 이해가 어려웠던 말이 나이 들수록 심오하게 다가온다. 돈 벌기가 쉽지 않음을 그 누군들 모르랴. 쉽게 벌면 쉽게 나간다는 진리도 누구나 다 안다. 나이 들수록 일하는 것이 즐겁다. 즐거움의 바탕에는 일에 대한 사랑과 프로 의식이 자리하고 있다는 생각을 가져본다. 공사장 사고가 끊이지 않을 때 '혼을 담은 시공' 이란 현수막이 걸린 것을 보았다. 직장에서 매일 맞이하는 초 중 고 학생들이 즐거움과 활력의 근원이다.

직장인의 금기어

직장에서 제일 듣기 싫어하는 말이 있다. “전에도 이렇게 했는데요.”라는 말과, “시키면 시키는 대로 하면 되지, 뭐 말이 많아.”이다. 나는 이 말을 직장인의 금기어로 여겨 경멸한다. 앞말은 창의성이 결여된 보신주의의 대명사 같다. 뒷말은 창의성을 말살시키고, 의욕을 일시에 꺾는 막말에 가깝다. 일은 즐겁게 하도록 분위기를 만들어 주는 게 최상이다. 문제의식을 가지고 직무를 끊임없이 개선해 나가는 사람은 불평이 없고 활기가 넘친다. 일의 즐거움은 누가 만들어 주는 게 아니라 스스로 추구하는 것인데도 남 탓만 하는 직장인을 만나면 힘이 빠진다.

신문 학대

개인마다 취향이 다르겠지만 나는 신문에 대한 애정이 유독 강하다. 신문을 읽은 후 가지런하게 정리하지 않고 대충 접어 던져두면 마음이 상한다. 많은 사람으로 붐비는 병원 같은 공공장소에서도 자주 겪는 일이다. 여러 종류의 신문이 잘 정돈되어 있으면 칭찬도 아끼지 않는다. 신문 도착 즉시 호치키스로 찍어 여러 사람이 읽어도 헝클어지지 않도록 배려한 정성은 무척 돋보인다. 좋아하는 것일수록 아끼는 것은 당연한 일인데도 그러지 못하는 경우에는 기분이 언짢아진다.

도서관 특강

집 근처에는 도서관이 있어 편리한 점이 많다. 책을 빌리고, 명강사의 강의를 듣는 게 큰 즐거움이다. 강의를 들을 때는 두 가지 관점에서 주목한다. 압축된 지식을 얻고, 또 강사의 강의 솜씨를 배운다는 점이다. 어제저녁 성공을 주제로 한 강의를 들었는데 현실과는 동떨어진 느낌이 강했다. 등장하는 사례들이 보편성을 결여했고, 또 논리의 비약이 심한 점은 아쉬움으로 남는다. 우연히 만난 지인도 나와 생각을 같이하였다. 말솜씨만 다듬을 게 아니라 심중에서 우러나는 지혜의 목소리였으면 더욱 좋겠다는 생각을 가져본다.

이를 어쩌랴

아내와 백화점에 들렀다. 시장바구니 끄는 일이 내 임무지만 먹고 싶은 것을 고르는 묘미도 있다. 바구니를 끄는 꼬마가 눈에 들어왔다. 개미가 제 몸집보다 큰 먹거리를 물고 가는 것만큼 흥미로웠다. 꼬마를 지나치는 순간 장난기가 발동하였다. 바퀴 달린 장바구니를 꼬마 장바구니에 가까이 대고 "우리 싸움 한번 해볼래?" 하며 농을 걸었다. 웃으며 피할 줄 알았는데 아이는 크게 울어 버리는 게 아닌가. 아저씨가 장난쳤다며 엄마가 달래도 울음을 그치지 않는다. 미안한 나머지 정중히 사과해도 소용없다. 설상가상으로 아내까지 내 잘못을 질책하니 어쩌면 좋단 말인가.

서로가 좋은 걸

새벽 운동길에서 만나는 사람은 거의 한정되어 있다. 우유나 신문 배달원, 새벽 기도 가는 사람, 청소원이 대부분이다. 같은 시간과 비슷한 장소에서 만나는 사람도 더러 있다. 그중 한 분이 J일보를 배달하는 아주머니이다. 우리 통로에서 만나 승강기를 함께 이용하다 보니 어느 집에 무슨 신문이 들어가는지 알게 되었다. 그녀도 승강기에 타고 중간 기착을 미안해하는 눈치를 보였다. 그래서 그를 대신하여 내가 신문을 배달하게 되었다. 고맙다며 주는 공짜 신문을 받은 지도 반년 가까이 되었다. 나를 만나면 매우 반긴다. 고단한 새벽 배달을 거드는 내 마음도 무척 기쁘다.

닭을 사랑한다고?

아나운서의 뉴스 멘트가 여운을 남긴다. 요즘 들어 닭고기 소비가 늘어나고 있다며 보통 일주일에 한 번꼴로 닭고기를 먹는다고 한다. 이게 무슨 문제일까만 그다음이 가관이다. 뒤이은 멘트에서 "닭을 사랑하는 사람이 많다."고 덧붙인다. 듣고 보니 좀 거시기하지 않은가. '닭고기 애용 = 닭 사랑'의 등식이 성립될 수 있는가. 닭을 사랑하는 사람이라면 닭고기를 먹지 말아야 마땅한 게 아닐까. 개를 사랑하는 사람이라면 보신탕을 먹지 않는 게 상식인데 말이다. 아나운서의 실수로 여겨지지만 풍기는 맛은 그리 나쁘지 않다.

지게토를 아시나요?

얼리 버드(Early bird)라는 제목의 신문 칼럼을 썼다가 어느 작가로부터 비판을 받은 적이 있다. 나는 근본적으로 외래어를 남용하는 사람은 아니다. 영어 남용이 가히 지나치다. 어제 목욕탕에서 한 사람이 '스포트'라고 하기에 알고 보니 스폰서를 그렇게 발음하고 있었다. 예전 시골에 갔더니 어머니께서 '지게토' 하시기에 그 뜻을 알고 보니 농협에서 배부하는 유류 '티켓'을 그렇게 발음하고 계셨다. 어머니뿐만 아니라 온 동네 사람 모두가 '지게토'로 굳어 있었다. 영어를 사용하면 유식해 보이는 걸까. 외래어가 범람하면 우리말은 삽시간에 떠내려가고 만다. 한글 지키는 일에 문인들이 앞장서야 하는 게 아닐까.

보리밥이 싫다

아내는 쌀밥 대신 자꾸 보리밥, 잡곡밥을 먹으라고 채근한다. 건강에 좋다고, 또 주변에서 생각해서 준 여러 잡곡을 섞은 밥이 나오지만 나는 싫다. 무슨 약 먹는 것만 같다. 쌀밥 먹는 게 소원인 적이 있었다. 소싯적 시골 생활이 어떠했는지를 잘 아는 독자들은 공감할 것이다. 보리쌀을 섞는 것은 물론 때로는 고구마나 무를 밥에 넣어 양식을 불리기도 하였다. 보리밥의 중간 심줄은 기억하기도 싫다. 직장 동료들이 더러 보리밥집을 가자고 하지만 나는 선뜻 나선 적이 없다. 질리도록 먹은 보리밥, 그리고 양식을 절약하기 위한 잡곡이 이제는 건강식으로 나오지만 나는 싫다. 나에게 선택의 자유를 달라.

창의가 밥 먹여주는 세상

구태의연한 사고방식이나 복지부동의 자세는 조직을 황폐화시키는 지름길이다. 조직의 활력과 희망을 앗아가는 무서운 적이다. 매너리즘에 빠진 조직은 정체된 물과 같아 얼마 못 가 용도 폐기의 길을 걷게 된다. 창의성은커녕 문제의식도 갖지 않고 무사안일하게 하루하루를 보내는 사람을 보면 여간 딱한 게 아니다. 창의 정신은 개인의 능력을 신장시킬 뿐만 아니라 조직과 사회를 윤택하게 만드는 원동력이다. 창의가 밥 먹여주는 세상이 아닐 수 없다.

운전 습관

우리가 살아가면서 자랑해서는 안 될 것 중의 하나가 운전 실력이다. 운전에 관한 한 사연이 없는 분도 드물다. 평소 존경받는 선배의 난폭 운전을 경험한 적이 있다. 초등학교 동기인 한 친구의 차는 타지 않기로 맘먹은 지 오래다. 고속도로에서 하도 속력을 내고, 요리조리 끼어들기에 저속을 권유했지만 조금도 바뀌지 않았다. 나는 가족에게 항상 강조하는 게 있다. 앞차와의 안전거리 유지와 과속만은 하지 말자고…. 그렇다고 교통 흐름을 방해할 정도로 유유자적하는 짓은 결코 하지 않는다.

도피처를 아시나요?

더위가 절정이다. 워낙 더우니 피할 곳도 마땅찮다. 산과 바다로 가지만 가고 오는 길을 생각하면 능사가 아니다. 피서라기보다는 사람들과의 부대낌에 가깝다. 인근 도서관에서 문학 강좌를 수강하고 있다. 요즘 들어 자리가 없을 정도로 수강생이 몰린다. 멀리 떠날 줄로 여겼는데 오히려 인원이 늘고 있다. 그 원인이 어디 있을까. 도서관의 기능은 날로 증대되고 있다. 도서 열람과 대출 기능은 극히 기본이다. 교육 기능이 다양하게 펼쳐진다. 몇 년 전부터는 혹서기 쉼터로도 널리 애용되고 있다. 1층은 물론 위층 휴게실도 온통 피서객이 점령하고 있다. 그래서 도피처? '도서관은 피서를 위한 최적지' 로 번역된다.

용서 못 할 실수

세상 살면서 실수하지 않는 사람이 어디 있을까. 나의 실수가 상대방 마음을 아프게 했다면 용서를 구할 일이다. C시에 사는 친구 아들 결혼식에 참석했다. 이른 시간이라 친구는 한 여성과 의자에 앉아 있었다. 친구와 비교해 나이가 훨씬 들어 보였다. 그냥 지나쳤으면 좋았으련만 나도 모르게 '모친' 운운하는 인사가 터져 나와 버렸다. 나중에 알고 보니 그의 부인으로 여겨졌다. 친구는 내 말을 정확히 들었는지 모르겠지만 아내라면 대단한 실례이다. 확실치 않은 일을 두고 새삼스레 사과할 수도 없고… "야, 친구야. 부인 고생 좀 적게 시켰어야지. 미안하데이!"

폐습의 악순환

누구나 종종 경험한 일이다. 모진 이등병 생활을 마친 병사가 병장이 되어 폭행을 일삼는 경우, 매서운 시집살이 한 며느리가 더 못된 시어머니가 되는 경우 등이다. 아버지의 잘못을 보고 자란 자식이 아버지보다 더 탈선하는 경우도 보았다. 군대 생활 때 전입해 오는 이등병 상담을 맡은 적이 있다. 설령 상급자의 구타가 있더라도 본인이 진급해서는 하급자를 구타하지 않아야 악순환 고리가 끊어진다고 설득하지만 실천은 힘들어 보였다. 현명한 사람은 남의 잘못을 보고 자신을 돌아보게 된다. 내가 술을 멀리하는 것은 어릴 적 시골에서 술 취한 어른들의 추태를 보고 받은 상처가 너무 크기 때문이다

3부
또박또박 걸어라

구세군 자선냄비

연말이 되면 구세군 자선냄비가 곳곳에서 보인다. 강추위에 길거리 모금 운동을 벌이고 있는 구세군을 보면 존경스럽다. 다들 못 본체 가니 더욱 쓸쓸해 보인다. 지날 때마다 부담이 없는 것은 아니다. 보는 족족 다 넣을 수도 없고, 또 그냥 지나치면 뒤통수가 근질근질하다. 자주는 못 하더라도 몇 번은 해야겠다고 마음먹고 용기 내어 한 장을 넣었다. 자주하면 숙달될 텐데 워낙 뜸한 일이라 무척 부자연스럽다. 감사함을 표하는 구세군 두 분에게 되려 내가 미안하다. 하지만 매년 12월 집으로 부과되는 적십자 회비는 한 번도 누락한 적이 없다.

국화빵 사랑

"눈물 젖은 빵을 먹어보지 않은 사람과 인생을 논하지 말라" 한번쯤 들어본 말일 게다. 고생한 사람이 고생의 가치를 안다. 소위 말하는 금수저를 물고 태어난 사람은 흙수저의 아픔을 알기 힘들 것이다. 나는 국화빵만 보면 그냥 지나치지 못한다. 천 원에 댓 개를 주지만 한꺼번에 더 많이 먹을 수도 있다. 형님과 부산서 재학 시절 어쩌다 사 먹을 수 있는 게 국화빵이었다. 그 맛은 어디에도 비길 수가 없었다. 요즘은 국화빵을 먹는 게 아니라 추억을 먹는다 할 수 있다. 그런 국화빵을 모처럼 맛있게 먹었다. 시골 묘사를 지내기 위해 우리 집에 온 형님과 관문시장에서 옛이야기 나누면서 정답게 먹었다.

카리스마 빌려줘

단체 여행 중 버스에서 실제 있은 일이다. 사과를 깎기 위해서는 칼이 필요하다. 이때 칼을 빌려 달라는 소리는 여러 형태로 표현될 수 있다. 어느 여성의 입에서 경상도 사투리가 튀어 나왔다. 카리스마 빌려줘! (칼 있으마 빌려줘) 듣는 사람들이 모두 웃었다. 칼을 빌려 달라는 소리인데 발음은 카리스마로 들린 것이다. 하긴 칼을 빌릴 수도 있을 테지만 중요한 카리스마를 빌릴 수 있다면 얼마나 좋으랴. 우리말은 듣는 사람에 따라 해석이 달라지는 경우가 종종 있다. 공사장에 가보면 '비산 먼지' 라는 표현을 자주 쓴다. 공사 중에 발생하는 먼지를 주의하란 말인데 얼른 보면 '비싼 먼지' 로 착각할 수도 있다.

꿀밤 되세요

얼마 전 미국 여행 중 있은 일이다. 여성 합창단원 50명 속에 낀 남자 두 명은 항상 눈에 드러나기 마련이다. 우리도 뭔가 도움이 되어야겠기에 그들이 단체 사진 찍을 때나 무거운 짐 나를 때, 근접 경호(?)에 충실하였다. 호텔 엘리베이터에서 각자 방을 찾아가는데 헤어지며 하는 말이 꼭 있었다. 유독 우리에게 "꿀밤 되세요."라고 인사한다. '꿀밤'의 의미가 궁금해졌다. 방안에 꿀밤이 있는 것은 아닐 테고, 또 서로 꿀밤을 먹이라는 얘기는 더욱 아닐 터이다. 꿀 같은 말이 무척 고마웠다. 우리를 위한 배려가 아닌가. 꿀 같은 밤이 되었는지 풋밤이 되었는지는 아리송해도 달콤했던 것만은 분명하다.

나는 억울하다

아내가 나더러 반찬 만드는 법을 배우라고 한다. 이제부터 여성의 영역을 죄다 물려줄 생각인지 모르겠다. 내가 좋아하는 일이 분명히 있는데도 불구하고 싫어하는 일까지 맡기면 나는 어쩌란 말인가. 넓은 집안 청소는 물론 쓰레기, 폐지 버리기 등은 항상 내 차지다. 이른 기상 덕분에 이것쯤은 일 축에도 들지 않는다. 운동 나가는 길에 들고 가면 힘도 안 든다. 아침밥도 항상 내가 짓는다. 4시 전 기상하여 운동하고 신문과 책 읽고도 여유가 생긴다. 이처럼 매일 아침밥도 준비하는데 반찬까지 시키려는 심사가 괴이쩍다. 다 물려주고 맘껏 나다닐 태세가 아니고 무엇인가. 나는 너무도 억울하다.

나는 술이 좋다

오랜 버릇은 고치기 힘드는가 보다. 나는 매일 술 마시는 버릇이 있다. 마실 때마다 예전의 아버지가 생각난다. 아버지가 부엌에 들어가 꺼내 마시는 한 잔의 막걸리 말이다. 나도 냉장고에서 술을 꺼내 마시는 게 습관처럼 되어 버렸다. 남들이 술꾼이라 해도 할 말이 없다. 한꺼번에 너무 많이 마시는 것은 금물이다. 두고두고 아껴 마신다, 적당하게 마시는 술은 몸에 보약이 된다고 하였다. 아내가 담가 주면 더욱 좋으련만 그게 힘이 드는 모양이다. 남들이 무어라하든 나는 내가 마시는 술을 자랑스럽게 여긴다. 이것을 단술이라고도 하고, 감주라 부르기도 한다.

문장 치료사

치료사라는 말이 유행하고 있다. 독서 치료사, 미술 치료사, 원예 치료사 등등…. 어떤 행위를 통해 마음 등을 치료하는 것쯤으로 이해하면 될지 모르겠다. 우연히 문장 치료사를 접하게 되었다. 문장을 치료한다? 문장도 아플 때가 있다고? 아마도 잘못된 글을 지도하고 수정하는 것으로 이해가 된다. 인재를 채용하는 곳마다 이런저런 자격증을 요구한다. 거기에 맞춰 공인되지 않은 양성소들이 우후죽순처럼 생겨난다. 어디까지 믿어야 할까. 문장 치료사? 수필 교실, 시 교실이 문장 치료사 양성소로 간판이 바뀔 날도 머잖아 보인다.

병아리 3총사

매일 등산길에 학생들을 만난다. 전에는 등교하는 학생과 동일한 방향이었는데 요즘은 반대 방향에서 만난다. 집에서 출발하는 시간을 한 시간 앞당겼기 때문이다. 그들 중 눈에 띄는 꼬마 어린이가 있었었다. 여학생 세 명이 매일 손잡고 가는 광경이 마치 병아리들처럼 고와 보였다. 작년부터 만났으니 이제는 2학년이 되었다. 하도 귀여워 병아리 3총사라 불러 주었다. 서로 인사하며 지내왔는데 얼마 전부터 두 명으로 줄었다. 왜 그런지 물었더니 한 친구가 '배신 때렸다' 고 말한다. 쓸쓸해 보이는 두 아이를 보면서 어른인 우리를 돌아보게 된다.

99세 이하 금연

소백산, 부석사, 이몽룡 생가를 들렀다가 돌아오는 길에 안동에서 저녁 식사를 하게 되었다. 외지에 나와 식사할 때는 붐비는 식당이면 무난하다. 차가 빼곡히 들어차 있는 걸로 봐서 괜찮아 보인다. 손님으로 붐비는데도 종업원이 무척 바지런하다. 흔히 보이는 셀프 커피 대신 감주를 놔두고 맘껏 마시도록 배려한다. 그때 놀라운 문구가 눈에 띈다. '99세 이하 금연' 절묘한 표현 아닌가. 흡연 애호가에게 담배 피우지 말라면 좋아할 사람 드물 것이다. 이 글을 읽고 기분 나쁜 사람이 과연 있을까 싶다. 잘 되는 집은 뭐가 달라도 다르다. 음식 맛은 물론 금연 문구에서도 향기가 난다.

꽃 피우느라 고생

아파트 베란다에는 화분이 많다. 나는 화초 가꾸는데 별 기술이 없지만 아내가 이 일을 맡는다. 아침 저녁으로 창문을 열고 닫는 일은 내 담당이다. 주말 물 주는 일과 무거운 화분 옮기는 일도 내가 한다. 봄을 맞아 각종 꽃들이 만발하고 있다. 도심에 살면서 이만한 호사 누리기가 쉽지 않을 터이다. 물을 주면서도 꽃을 활짝 피운 화분에는 좀 더 정성을 기울인다. 출산한 산모처럼 여겨진다. 이만한 꽃을 피우느라 얼마나 고생하였을까 생각하며 사랑을 듬뿍 담아 조심스레 물을 준다.

부창부수夫唱婦隨

시골 출신들은 거의 비슷하겠지만 나는 농산물 아끼는 버릇이 유독 강하다. 어려운 시절 농사일을 많이 체험한 때문이기도 하지만 어른들로부터 보고 듣고 배운 바도 무척 크다. 콩 타작 후 마당에 흩어진 콩알 줍는 일은 예사이다. 애써 지은 곡식 아까운 줄 모를 리 없다. 요즘도 나는 쌀 한 톨도 허투루 여기지 않는다. 쌀을 다른 부대에 옮겨 담을 때 떨어진 낱알도 모두 주워 담아야 성에 찬다. 이를 보았음일까. 아내도 나를 따라 쌀을 하나하나 주워 담는 걸 종종 본다. 고마운 일이다.

바보짓

상식적으로 납득 가지 않는 일을 두고 바보짓이라고 한다. 손으로 풀 수 있는 나사를 잡고 몸을 빙글빙글 돌린다면 누가 봐도 바보짓이라고 할 것이다. 새벽 운동 시간을 4시 반에 고정해 두다가 날이 밝아지는 시간으로 옮겼다. 7시에 나가던 때가 엊그제 같은데 요즘은 5시 좀 지나면 나간다. 하지를 앞두고 시간이 매일 앞당겨진다. 훤히 밝은 데도 아파트 불이 켜져 있어 경비원에게 물었다. 이토록 밝은데 왜 소등하지 않느냐고. 절묘한(?) 대답이 나왔다. 위에서 6시에 불을 끄라고 지시하였단다. 이토록 철저한 경비원을 보면 감탄을 금치 못한다.

선입견

아직도 못 버리고 있는 선입견이 있다. 워낙 오래도록 경험한 때문일까. 외국인이 우월해 보이는 것이다. 우리의 경제 수준이 그들을 훨씬 능가하고 있지만 그런 생각에서 자유롭지 못하다. 우리가 어릴 때만 해도 그들과는 경쟁이 되지 못할 정도로 가난하였다. 돈을 벌기 위해 외국에 나가는 사람들을 부러워한 적도 많았다. 그러다 보니 피부색이 다른 외국인만 만나면 우리보다 잘사는 사람으로 생각하였다. 아시아에서도 가장 빈국이 우리나라였으니 그럴 만도 하지 않은가. 지금은 사정이 완전히 달라졌는데도 외국인이라면 우리보다 더 잘 살 거라는 편견에서 헤매고 있다.

도둑놈들

산과 들에 자라는 식물 이름을 몰라 우리는 '도둑놈' 이라고 불렀다. 옷에 달라붙어 온 천지에 자손을 퍼뜨리는 고얀 놈이다. 어떤 것은 머리핀처럼 가는 게 있는가 하면 어떤 것은 보송보송한 침이 있어 언제 달라붙었는지 모른다. '도둑놈' 떼어내는 일이 여간 성가시지 않다. 이런 '도둑놈' 이 인터넷을 열면 곳곳에 퍼져있다. 시도 때도 없이 스며드는 스팸메일과 무작정 따라오는 광고가 바로 그런 놈이다. 광고를 잘못 건드리면 남자의 거시기처럼 한참에 커져 버린다. 어딜 가나 쓰잘머리 없는 '도둑놈' 은 널리 퍼져 있는가 보다.

원로가 보고 싶다

원로는 '어떤 분야에 오래 종사하여 나이와 공로가 많고 덕망이 높은 사람' 을 일컫는다. 뜻풀이 속에 원로의 조건을 다 담고 있다. 나이, 공로, 덕망을 골고루 갖춘 사람이다. 그런 사람은 내가 속한 단체에서나, 우리 사회를 둘러봐도 눈에 잘 띄지 않는다. 존경받는 원로가 중심을 잡고 사회지도자로 활동하면 오늘처럼 혼란스럽지는 않을 터이다. 모두 어른들의 책임이다. 예전 시골에서는 가장 연세 많은 어른이 법이었다. 어려운 일이 있으면 상의하였고, 그의 말이라면 누구나 순응하였다. 말과 행동, 덕망이 뒷받침된 덕분이다. 존경받는 원로가 귀한 시대이다.

또박또박 걸어라

어려웠던 시절 이야기는 끝이 없다. 이웃집은 자녀가 9명이나 되어 신발이나 옷을 사다 입히는 일이 예삿일이 아니었다. 물론 형이나 누나의 옷을 물려받아 입긴 해도 부담이 만만찮다. 그래서 부모가 "또박또박 걸어라."는 말을 달고 살았다. 신발을 끌면 빨리 닳으니 걱정하여 나온 말이다. 때로는 "너무 뛰지 말아라."는 당부도 하였다. 배가 빨리 꺼질까봐 우려해서다. 가난한 시절의 슬픈 사연이 아닐 수 없다. 요즘은 살이 너무 쪄서 다이어트한다고 난리들인데…. 어려웠던 과거를 생각하면 오늘이 얼마나 행복한지 알 수 있다.

불청객 퇴치법

의사가 감기에 걸려 콜록거린다면 환자들이 어떻게 생각할까? 평소 남의 건강을 챙겨주는 분이 그런 지경에 이르면 어색할 것이다. 마찬가지로 평소 건강관리한다고 노력하는 사람이 감기에 걸려 마스크를 하고 다니면 스타일 구긴다. 질병은 누구에게나 찾아오는 법인데도 괜히 미안해진다. 며칠 전 그의 방문을 받았다. 이제는 노크만 해도 어떤 놈인지 금방 안다. 고얀 놈을 물리칠 방법을 알고 있지만 문턱을 넘도록 참아 준다. 잠시 칙사 대접을 했더니 두말 않고 돌아선다. 예방을 위한 노력을 아무리 해도 오는 손님을 너무 푸대접하면 더치는 법이다.

미꾸라지 한 마리가

속담에 ‘미꾸라지 한 마리가 온 물을 흐려 놓는다’ 는 말이 있다. 우리 사회에서 흔히 볼 수 있는 일이다. 하지만 대부분의 사람들은 대꾸하기 보다는 피하고 만다. 대항했다가는 골치가 아프기 때문이다. 분별 있는 사람이라면 미꾸라지처럼 행동하지는 않는다. 간혹 미꾸라지와 부화뇌동하는 경우를 보는데 편향된 사고를 지닌 사람들이다. 동조 세력이 생긴다고 해서 마냥 기뻐할 일만도 아니다. 진실되고 정의로운 일에는 동조 세력이 많을수록 좋다. 잘못된 주장에 동조하거나 부추기는 사회는 결코 건전하다 하기는 어려울 것이다.

술 술 술이다

술의 계절이다. 술 때문에 곤란을 당한 적이 많다. 마시는 사람이나, 못 마시는 사람도 저마다 사연이 있을 것이다. 나는 술과 담배를 전혀 못한다. 이쯤 하면 "정말 한 잔도 못하느냐?" 고 되묻는 분이 꼭 있다. 운동 후에나 기분이 좋을 때 맥주 한 잔 정도 마시지만 맛도 모른다. "술 담배도 못 하면서 무슨 낙으로 사느냐?"는 질문도 많이 받았다. 술은 어릴 적 영향 때문이다. 농촌에서 밀주 단속 나온 세무서 직원을 보면서 마시지 않기로 결심하였다. 술로 인해 돌아가시는 분도 많이 보았다. "우리가 농사 지은 곡식으로 만든 음식인데 간섭 받으며 마시진 않겠다." 그때 한 약속을 지금까지 굳게 지키고 있을 뿐이다.

줄임말 유감

요즘처럼 줄임말이 활개치는 때도 없을 성싶다. 아이들의 말을 들으면 도대체 무슨 말인지 모를 정도이다. 탈북민들이 한국에 와서 놀라는 게 외래어라지만 나는 줄임말에 놀란다. '혼숙', '혼밥', '야자', '알바' 같은 말은 언론에서도 흔하게 사용한다. 무슨 단체 이름도 그들만이 아는 말로 줄여 사용하는 건 보통이다. '아나기'는 '아줌마는 나라의 기둥', 종편 TV프로 '이만갑'은 '이제 만나러 갑니다' 란다. 이러다가 내 이름도 줄여 쓰는 때가 올까 겁난다. 성병조를 '성병' 으로 줄이는 일만은 제발 없기를 바란다.

합동 미팅이라도

집안마다 골칫거리 하나쯤 없는 경우는 드물다. 나이 들수록 질병 하나 짊어지고 간다는 말도 있다. 친구들이 모여 이야기하는 가운데 혼기 넘긴 자녀 문제가 나왔다. 여태 드러내지 않던 친구도 숨겨둔 걸 끄집어낸다. 30대 중반은 물론 40줄에 접어든 미혼 자녀도 있다. 부모에겐 두통거리이지만 정작 본인들은 별 걱정을 않는다. 얼마 전 달빛 미팅이 있었다. 혼기에 이른 대구(달구벌)와 광주(빛고을)의 공무원들이 도시를 번갈아 가며 미팅을 한 것이다. 결혼하지 않는다 해도 좋은 짝꿍 만나면 본드처럼 달라붙기 마련이다.

외래어 명칭

요즘 예식장과 호텔 이름은 거의 외래어이다. 그러다 보니 청첩장에 나오는 예식장이나 호텔 이름에 한글로 된 옛 이름을 병기하여 이해를 돕기도 한다. 이것도 모자라서 약도를 보고서야 장소를 제대로 확인할 때도 있다. 우리말로 지으면 기억하기도, 부르기도, 찾기도 쉬울 텐데 그런 노력은 보이지 않는다. 보기도 듣기도 좋던 아파트 이름도 외래어로 바뀐 지 한참 되었다. 외래어 남용이 심해지면 아름다운 우리말은 차츰 도태될지도 모른다. 국적 불명 외래어가 주인처럼 행세하는 날이 오지 말라는 법이 없다.

아는 것이 돈이다

'아는 것이 힘이다' 는 속담을 모르는 사람은 없을 것이다. 영국에서 나온 속담 원문은 'Knowledge is power' 이다. 이 말이 맞다는 생각을 종종 가진다. 나는 좀 더 나아가 '힘' 뿐만이 아니라 '돈' 이라는 비약을 해본다. 매사에 있어 모르면 이기기 힘들다. 아는 것만큼 보인다는 말도 종종 한다. 알기 때문에 경쟁에서 이기고, 이긴 덕분에 돈이 들어온 경우도 있다. 알아야 돈을 벌 수 있다는 것은 너무도 확실한 명제이다.

좀 참아 주시지

무더운 날씨에 버스에 오르면 여러 풍경(?)을 감상할 수 있다. 에어컨 바람 맞는 모습이 각양각색이다. 오르자마자 공기구멍을 틀어막는 사람이 있는가 하면, 구멍을 아예 옆으로 돌려 버리는 사람도 있다. 반면 입을 쫙 벌리고 찬 공기를 만끽하는 승객도 있다. 취향에 따라 하도 많이 학대하다 보니 입술이 터진 곳도 보인다. 이쯤 되면 기사도 어지간히 골치 아프겠다는 생각이 든다. 승객을 위한 배려인데 이토록 푸대접하는 사람이 있으니 말이다.

이 또한 지나가리라

대단한 무더위다. 연일 35도를 오르내리는 폭염으로 모두 비명을 지른다. 나는 추위보다는 더위에 약한 편이다. 하지만 '덥다'는 소리를 하지 않고 지내려 애쓴다. 무덥다고 해봤자 보름을 더 가겠는가. 이만한 더위를 이기지 못해 자꾸 외치다 보면 정말 더위에 굴복하고 마는 거다. '죽겠다'는 말을 달고 사는 사람도 보았다. 말이 씨가 되고, 남 탓을 자꾸 하면 닮아간다는 옛말도 있지 않은가. 더위에 지치지 않기 위해, 또 세월 빠름을 탓하지 않기 위해서라도 '덥다'는 말을 자제하며 지내려 노력한다. '이 또한 지나가리라'

버릇은 못 말려

저마다 독특한 버릇 하나쯤은 가지고 있다. 자주 느끼는 것 중의 하나가 말하는 버릇이다. 제스처가 너무 과하여 주변에 위협이 되는 경우도 본다. 과장된 손짓은 매우 어색하다. 말하면서 상대를 손으로 툭툭 치는 사람도 보았다. 자기 말을 잘 듣지 않을 때 유독 이 버릇이 강하게 나타난다. 이야기하면서 옆에 앉은 사람의 무릎을 만지는 사람도 있다. 모두 무의식중에 하는 행동이어서 본인은 잘 모른다. 방송에서도 진행자가 마이크를 대면 그 상태에서 말해도 될 텐데 꼭 마이크를 빼앗는다. 나는 어떤 버릇이 있는지 곰곰 생각해 본다.

질문 있어요

특강을 들으면 질문을 통해 궁금한 부분을 해소하려 애쓴다. 질문을 하려면 열심히 듣고 내용 파악이 우선돼야 한다. 내용을 모르면 질문이 엉뚱한 곳으로 흐르기 때문이다. 도서관에서 중국 관련 특강을 들은 후 질문을 했더니 중국인 교수는 무척 예민한 질문이라며 반겼다. 대학 시절, 학술발표대회 때는 발표 우수상도 있지만 질문 우수상도 꼭 뒤따랐다. 좋은 질문은 특강을 더욱 빛내주기 때문이다. 강의 후 질문하는 기회를 줘도 아무런 반응이 없으면 김이 빠지고 효과도 반감되고 만다.

속을 비우니

마음을 비운다는 이야기를 듣지만 속을 비운다는 이야기는 별로 들은 바 없다. 속을 확실히 비웠다. 정기적으로 받는 위와 대장내시경을 위한 준비 때문이다. 내시경 준비 과정은 좀 힘들지만 더부룩한 속을 이렇게도 비울 수 있구나, 하는 생각이 들기도 한다. 병원에서 가져온 약물을 네 병 마시고 나면 속은 쉼 없이 비워진다. 하나도 든 것이 없으니 얼마나 시원한지 모른다. 병원에 도착하여 몸무게를 달아보니 2Kg쯤 줄었다. 평소 노력해도 어려운 감량이 이토록 쉽게 이루어지다니. 속 비우고, 검사 결과 이상 없다니 편한 속이 더욱 편하게 느껴진다.

갈등

심리학 시간에 공부한 게 생각난다. 갈등에는 플러스, 마이너스 갈등으로 분류된다. 두 가지 이상의 좋은 일을 두고 선택 순간은 플러스, 나쁜 일을 두고 선택의 기로에 선 경우 마이너스 갈등이라고 부른다. 애인을 만날까, 친구를 만날까는 플러스 갈등에 속한다. 보기 싫은 사람을 만나지 않을 수 없는 경우는 마이너스 갈등이다. 시상식 참석과 복권 당첨금 수령을 두고 고민하는 식의 플러스 갈등이 계속되면 얼마나 좋을까.

우울한 이야기

살다보면 즐거운 일보다 슬픈 일을 많이 당할 수도 있다. 하지만 나는 우울한 이야기는 가능하면 하지 않으려 애쓴다. 작가들의 작품집을 읽으면 많은 부분이 우울한 이야기로 채워지는 경우를 보게 된다. 가족, 지인, 친구 등의 죽음 이야기가 많다. 슬픈 얘기는 감동을 주기도 하지만 누구나 선택할 수 있는 소재여서 진부하다고 말하는 사람도 있다. 그게 나빠서가 아니라 그런 곳에 주목하면 마음이 자꾸 우울해지기 때문이다. 긍정적인 사고가 중요하듯이 주변의 밝은 일을 소재로 삼는 것도 소중한 지혜라 여겨진다.

반면교사

버릇이 참 묘하다는 생각이 든다. 어릴 적 친구들을 떠올리면 당시 버릇을 고스란히 지닌 사람도 본다. 잘못된 버릇을 고쳐 완전히 달라진 친구가 있는가 하면, 그릇된 버릇을 줄기차게 고집하는 친구도 있다. 다행히 좋은 버릇이면 얼마나 좋을까. 노름, 술, 담배를 유독 좋아하는 어른이 있었는데 자녀들을 보면 더 재미있는 결과가 나온다. 술을 좋아하여 일찍 세상을 뜬 부모를 빼닮아 자녀들도 그 길을 답습하는가 하면, 부모의 잘못된 습관을 반면교사로 삼아 완전히 달라지는 사람도 보았다. 좋은 습관은 유전이라도 되면 좋겠다는 생각이 든다.

독특한 식사 예절

각국의 전통이 다르다지만 희한한 식사 예절도 있다. 맥주잔을 들고 건배를 외쳐서는 안 된다.(헝가리) 그릇에 젓가락을 남겨두면 질색을 한다. 그것은 죽음을 의미한다.(태국) 아무 말 없이 먹는다.(중동) 후루룩 소리 내고 입을 쩝쩝대며 먹는다.(캄보디아) 빵이 바닥에 떨어지면 주운 다음 반드시 키스해야 한다.(아프카니스탄) 식사 후엔 꼭 방귀를 뀌어야 한다. 잘 먹었다는 감사의 표시다.(캐나다 북부 이누이트족). 참 다양한 예절들이다. 우리의 독특한 식사 예절은 어떤 것일까.

목욕탕에서

목욕탕에서 귀한 분을 만났다. 등 밀어주겠다는 사람을 만나기가 쉽지 않다. 남에게 부탁하기 보다는 스스로 용을 써서 해결하는 경우가 대부분이다. 그런데도 내 등을 밀어주겠다고 손을 내밀었다. 백발의 노신사가 참 고맙다. 선행을 먼저 행하기는 말처럼 쉬운 일이 아니다. 목욕을 마치고 나가는 그의 등 뒤를 바라본다. 자기가 사용한 용품들을 깨끗이 씻어 제자리에 갖다놓는 모습이 더욱 아름답게 보였다.

싸움 관전법

구경 중에서 제일 재미있는 게 싸움과 불구경이라고 하는 말이 있다. 치열할수록 쾌감을 느끼는 이상 심리라 할 수 있을 것이다. 싸움판에도 관전 포인트가 있다. 두 사람 중 누가 옳은지, 어느 쪽에 사람이 많이 몰리는지도 주목한다. 또 주변인이 던지는 말도 그러하며, 말리는 척하며 한쪽을 밀치는 경우도 있다. 던지는 말이나 말리는 손길이 도움 되기는커녕 은연중 싸움을 부채질하기도 한다. SNS의 댓글에서도 마찬가지다. 한쪽에 치우친 균형 잃은 댓글을 대하면 그 사람의 인격이 보인다.

곶감 유감

친척이 감 두 박스를 보내왔다. 감을 좋아하는 나를 위한 배려에 감사하며 먹는 방법을 고려하였다. 단감이 아니어서 곶감을 만들기로 의견이 모아졌다. 아내가 밤새 껍질을 깎아 실에 꿰어 베란다에 달아놓았더니 곶감이 되는 게 아니라 물러터지고 있다. 환기가 문제인가 싶어 베란다 창문을 주야로 열어놓았지만 변화가 없다. 겉은 곰팡이가 피는 모습까지 보인다. 더 이상 악화되기 전에 입을 호강시켜야겠다며 몇 개씩 먹어치워도 영 줄지를 않는다. 게다가 배도 조금씩 아파오는 느낌이 드니 이를 어쩌면 좋단 말인가.

맞대응을 피하라

갑자기 내리는 소나기는 잠시 피하는 게 상책이다. 격한 감정을 잘 드러내는 사람 역시도 자리를 피하는 게 도움이 될 수 있다. 남들이 부러워할만한 지위에 있는 사람이 이성을 잃고 욕설을 한다거나 거친 행동을 보여 실망을 주는 경우도 본다. 카페에 등장할 만한 사안이 아닌데도 이곳으로 끌어와 눈살을 찌푸리게 하거나 트집을 잡는 경우도 있다. 감정과 이성의 구분, 공과 사의 구분은 사회생활의 기본이다. 동의하기 어려운 고집만 일삼는 사람과는 맞대응하지 않는 게 최선이다.

BJ가 좋다

필명이나 아호 등 닉네임이 많이 등장한다. 내가 태어나 가진 이름은 세 개나 된다. 입학 전에는 창호, 초등 때는 병후, 그 후는 병조로 굳어졌다. 요즘도 한자리에서 세 이름으로 호칭되는 경우도 있다. 나는 아호에는 전혀 관심이 없지만 대신 불리고 싶은 이름이 있다. 영어긴 해도 BJ가 좋다. DJ 대통령과는 같은 항렬이요, 골프 스타 비제이싱과 비제이성은 형제처럼 여겨져 호감이 간다. 더 좋은 것은 존칭 없이 막 대놓고 부를 수 있다는 점이다. 과욕임을 알지만 자꾸 BJ라 불리다 보면 그들 곁에 조금씩 다가갈 수 있지 않을까.

인사의 힘

어릴 적 동네 어른들을 만나면 "아침 잡샀습니꺼?" 하고, 점심때는 "점심 잡샀습니꺼?" 하고 인사하였다. 어려운 시절이어서 먹는 것이 인사의 주가 되었다. 인사 받는 어른은 "뉘 집 자식인지 고놈 인사성 참 밝다."고 칭찬해 주셨다. 칭찬이 듣고 싶어 달려가서 인사하는 경우도 많았다. 지금은 대학교 부총장으로 있는 후배의 인사법은 독특하였다. 교수나 선배를 만나면 허리를 90도 이상 굽히는 것이었다. 내가 "야, 남자가 무슨 인사가 그러냐?"고 충고했더니 "선배님, 돈도 들지 않는데 하려면 팍팍 해 드리지 왜 아낍니까?" 그가 중추적 인물로 성장한 배경에는 겸손과 인사의 힘이 컸으리라 생각해 본다.

많아도 걱정

아내가 셔츠 하나를 사주면서 바지까지 강권했지만 나는 극구 사양하였다. 나를 폼 나게 해주려는 노력은 이해하지만 옷이 많으면 선택에 혼란이 온다는 주장을 굽히지 않는다. 가진 게 적으면 걱정도 그만큼 줄어드는 게 아닐까. 출근 때마다 옷 고르는 것도 하나의 고심거리이다. 그래서 나는 옷 종류를 늘이지 않으려 하는데 이를 못마땅하게 여긴 아내는 종종 토라지기도 한다.

임전무퇴

이 뜻을 모르는 사람이 어디 있을까만 새로운 뜻 하나를 추가한다. 흘러간 옛이야기여서 혹시 웃을 분이 있으면 인내심을 가져주기 바란다. '임산부 앞에서는 침을 퉤퉤 뱉지 마라' 그럴듯한가. 도서관에서 종종 봐 온 일이다. 신문이나 책장을 넘길 때마다 손에다 침을 퉤퉤 뱉는 나이 든 사람을 보았다. 버릇치고는 참 고약하다. 불결하기도 하지만 도서관의 정적을 깨는 소음이다. 이를 누가 제지할 것인가. 끼어들기에는 위험이 크다. 나이 들면서 경계해야 할 일이 많지만 자기 성찰이 없으면 어른 대접 받기는 힘들다.

죄짓고 못 사는 세상

세상사가 묘하다는 생각이 들 때가 있다. 군대 시절 긴 여행길에 나섰다가 익산(이리) 용사의 집에서 얘기를 나눈 한 예비역을 이틀 후 조치원 - 청주간 열차 속에서 재회한 적이 있다. 영어회화 학원에서 함께 공부한 대학생이 코트라(대한무역투자진흥공사)에 취업, 출장 갔다 그곳에서 만났다. 수년 전 KBS 'TV 내무반, 신고합니다' 에 출연하였는데 전우들의 섭외를 내가 담당하였다. 경찰망을 통해 보고픈 전우들을 모두 찾았지만 병영생활 중 구타를 일삼았거나 사회생활이 문제 되는 전우는 모두 출연을 거부하였다. 죄짓고는 못 사는 세상이 아닐 수 없다.

승용차는 외로워

출퇴근 때 대중교통 수단을 이용한 지는 꽤 오래된다. 승용차에 길들여진 습관을 바꾸기가 참 힘들었다. 승객들이 나를 바라보는 것 같기도 하고, 무슨 큰돈을 아끼려고 대중교통을 이용하느냐는 식의 생각에 심란하기도 하였다. 용기를 내어 버스를 이용하니 좋은 점이 한둘이 아니었다. 차 안에서 맘껏 독서할 수 있고, 또 운전에 신경 쓰지 않고 유유자적할 수도 있다. 보다 큰 장점은 매일 걷는 거리가 있어 건강에 좋고, 또 유류비가 절약되는 점이다. 다만 지하 주차장에 우두커니 서 있는 승용차가 외롭다고 아우성치는 게 맘에 걸린다.

이를 어쩌나

주변에서 사라지는 것도 있지만 때로는 넘치는 것도 있다. 공중전화가 전자라면 볼펜 같은 필기구는 후자에 속한다. 얼마 전 존경하는 여성 문우로부터 보기 드문 만년필을 선물 받았다. 매일 품속에 끼고 싶을 만큼 예쁘고 깜찍스러운 만년필이다. 보고만 있을 수 없는 것이 필기도구이기도 하다. 오래 두면 잃어버리거나 잉크가 나오지 않아 제 기능을 발휘 못 할 수도 있다. 이를 어쩌나? 예전처럼 만년필로 작품을 쓰기도 어렵고, 또 품에 지니고 다니기에는 부피가 좀 크다. 하여 나는 만나는 사람마다 만년필 자랑을 한다. 그리고 사인할 지면이 있으면 크게 폼 잡고 휘호를 그린다.

JP의 마지막 키스

김종필 전 총리의 부인 박영옥 여사의 별세 때 일이다. 정치인 김종필보다는 좀체 보기 드문 그들의 금슬이 더 화제였다. 결혼 64년 동안 한 번도 곁눈질 않고 부인만 바라보고 산 노 정객의 눈물이 가슴을 울린다. 부인이 숨을 거둔 지 10여 분 만에 아내에게 마지막 작별 키스를 했다는 소식에 더욱 감동한다. 나의 경우 아내에게 얼마나 많은 애정과 정성을 기울이고 있는지에 대한 질문처럼 들린다. 89세의 노 정객이기 이전에 부인에 대한 극진한 사랑을 얼마만큼 닮을 수 있을까.

담배를 꼬나물다니

흡연자들의 수난시대이다. 담뱃값 인상에다 금연구역을 확대하니 흡연자들이 온통 거리로 내 몰리고 있다. 보행 중 겪는 심한 골칫거리이기도 하다. 우리 아파트에서 있었던 일이다. 고교생으로 보이는 두 명이 담배를 피우며 지나가기에 불러 세웠다. 고등학생이냐고 물었더니 아니란다. 몇 살이냐고 물으니 21세. 아파트 내에서, 또 젊은 사람이 이래도 되느냐고 따지니 미안한 표정을 짓는다. 잘못을 사과하는 그들에게 조용히 타일렀다. 담배는 백해무익하며, 피우더라도 때와 장소를 가리라고. 좋은 충고라도 상대방 형편을 살펴야 하는 요즘인데 오늘은 성공한 듯싶다.

부끄러운 이야기

기억에 남는 옛이야기가 있다. 생각하면 할수록 쓴 웃음이 나온다. 우리 속담 중 '백지장도 맞들면 낫다' , '시장이 반찬이다' 에 대한 나대로의 해석이다. 어려웠던 농촌 생활 속에서 흰 도화지 구경이 힘들고, 또 고작 가는 곳이라고는 시장밖에 없어서일까. 아니면 내가 우둔했든지, 선생님의 교육 방법이 나빴던 것일까. 백지장을 간장, 고추장 같은 장 종류로 이해한 나는 장이라는 게 맛이 들면 나은 것 아니냐, 시장에 가야 반찬을 살 수 있는 것은 너무도 당연한 것인데 왜 이런 속담이 나왔을까 한동안 생각한 적이 있다. 교육의 눈높이, 당시의 주입식 교육 풍토를 돌아보게 하는 일화가 아닐 수 없다.

4부
엄마는 괜찮아

암과 두 여성

감명 깊은 프로를 보았다. KBS스페셜 '암, 두 여성' 이다. 죽음을 앞둔 여성이 벌이고 있는 투병 과정을 이만큼 감동적으로 묘사할 수 있을까. 용기 있는 여성의 등장에 가슴이 뭉클했다. 1) 말기 암 환자이면서 자신 드러내기. 2) 가족들과 즐거운 모습. 3) 죽음을 앞둔 사람의 표정. 4) 화목한 가정부터, 암 판정, 투병, 죽음에 이르기까지 긴 시간동안 촬영 등등 감동의 연속이었다. 더욱 놀라운 것은 젊은 여성 둘이 암 선고를 받고도 어찌 이토록 순순히 받아들일 수 있을까. 한 여성은 "10년 후에도 우리 집 모습 꼭 찍어주세요."라고 부탁한다. 나중에 한 줌의 재로 변해 나오는 걸 보면서 나는 속울음을 울었다.

여성의 힘

내 손바닥에 생긴 굳은살 이야기를 SNS에 올렸다. 몇몇 사람에게 발생 원인을 알아보라니 다양한 답을 내놓는다. 정답은 하나도 없다. 원인은 철봉 때문이다. 누구나 왕년의 턱걸이 횟수를 자랑한다. 십, 이십 회는 보통이었다. 하지만 지금은 어떤가? 매일 오르는 산 정상에는 여러 운동기구들이 비치되어 있다. 그중 철봉에 매달리는 사람은 많아도 턱걸이로 연결시키는 사람은 드물었다. 나도 처음에는 힘들었지만 요즘은 매일 4~5개를 한다. 지나친 욕심은 금물이다. 그런데 이 횟수가 늘어나는 날이 있다. 많은 여성들이 추겨주면 10회 가까이 올라간다. 나의 힘인지, 여성의 힘인지 나는 잘 모르겠다.

장남은 서럽다

나도 장남이지만 부모로부터 칭찬 받는 경우가 드물었다. 항상 부모님을 가까이서 보살폈기에 으레 그런 줄 여긴다. 어쩌다 동생들이 나타나 일을 거들거나 선물을 놓고 가면 칭찬이 오래 지속된다. 장남이 꾸준히 제공하는 품이나 소고기 한 근의 무게는 잘 느끼지 못한다. 이런 논리는 여느 모임에서도 비슷하다. 빠지지 않고 매번 나오는 회원은 주목 받기 힘 든다. 오랜만에 '짠' 하고 나타나 괜찮은 선물 하나를 풀면 효과 만점이다. 장남의 숨은 노력으로 집안이 건강하게 유지됨을 모두가 안다. 단체도 묵묵히 참석하는 성실 회원 덕분에 발전하는 것이다. 하지만 우린 이런 사실을 잊고 살 때가 많다.

82세 할머니의 소망

천성은 타고난 경우가 많다. 부지런한 사람은 잠시도 가만있지 못한다. 스스로 일을 만들어서라도 분주하게 산다. 건강을 위해서 무척 좋은 일이다. 바쁘면 잡념이 사라지고 아플 틈이 없다고도 한다. TV에 나온 82세의 할머니가 너무도 존경스럽다. 백발이 성성한 할머니의 활동은 여느 젊은이도 흉내 내기 어려워 보인다. 80세부터 시작한 음악 활동에서 죽기 전 악기 10개를 다루겠다는 당찬 목표를 세웠다. 지금까지 하모니카, 피아노, 바이올린 등 7개를 익혔다며 차례로 연주한다. 하루 일정에 빈틈이 없다. 길 위에서 죽는 게 제일 행복할 거라 말하는 할머니가 너무도 우러러 보인다.

부끄러운 이웃

새벽 운동길에 나서면 여러 가지 일을 경험한다. 현관문 앞에 꽁무니를 대고 주차하는 젊은이를 만났다. 정중하게(?) 전면 주차를 권유했더니 대답이 걸작이다. 위반하는 사람이 많다나. 주변을 둘러보아도 그런 차량이 한 대도 보이지 않는데 말이다. 더구나 이웃 동의 주민이다. 남의 대문 앞에 그릇 주차하면서 큰소리까지 치는 무뢰한이다. 상종하기 싫은 족속은 어디를 가도 표가 난다. 승강기 바닥에 음식물 찌꺼기 흘리는 사람, 담배꽁초 버리는 사람, 상습적으로 주차위반 하는 사람을 볼 때마다 그들과 이웃하는 게 부끄럽다.

노인보호구역

눈을 의심하였다. 아파트 아래 대로상에 새겨진 글을 보고 가진 생각이다. '노인보호구역'이라? 학교 주변 '어린이 보호구역'은 봤어도 노인을 보호한다는 문구는 처음 보았다. 인터넷을 살피니 "노인보호구역이란 우리 주변 도로 중 일정 구간을 노인보호구역으로 지정하여, 자동차의 통행이나 주정차를 금지하는 조치를 취하게 함으로, 노인들의 이동을 우선시하는 것으로 노인보호구역의 지정 및 관리에 관하여 필요한 사항을 정하는 것"이라고 되어 있다. 지난해에 새겨진 글이니 최근에 입법화가 된 듯하다. 노인을 보호한다는 명분은 좋지만 노인 집단 거주 지역도 아닌데 낯선 글귀가 아무래도 어색하다.

내가 명판관?

최근 새벽 운동 길에 있은 일이다. 운동하기 위해 학교로 들어오던 젊은 여성이 내게로 다가온다. 무슨 일이라도 생겼는지 의아해 하는데 지갑 하나를 내민다. “학교 오면서 길에서 주웠는데 어떻게 할까요?” 운동하는 모습은 봤어도 말 한 번 나누지 않은 여성이다. 카드는 들어 있어도 돈은 없단다. 바로 112에 전화하라고 했더니 경찰이 금방 달려왔다. 경찰관에겐 주운 여성의 전화번호로 결과를 꼭 알려 드리라고 당부하였다. 오늘은 아파트 신문 배달하는 아주머니가 다가온다. “돈 천 원을 주웠는데 우짜마 좋겠습니까?” 평소 보아온 대로 양심적인 사람이다. “주인 찾기 어려우니 선물인 셈치고 그냥 가지세요.”

부부의 조화

세상 살아가면서 부부 문제를 생각해 보지 않은 사람은 드물 터이다. 옆에서 보는 사람들은 도무지 이해하기 어려운 경우도 있다. 남녀가 길을 가면서 남자는 연신 담배 연기를 내뿜는다. 사람들이 다 싫어해도 그 여성은 개의치 않는다. 통영 여행 중 숙소 문제가 잘 해결되지 않아 아내와 찜질방에 들른 적이 있다. 잠을 청하는데 방안을 쩡쩡 울리는 괴성(?)에 놀랐다. 코를 골고, 이빨 가는 소리가 얼마나 요란한지 잠을 이룰 수 없었다. 하지만 그의 곁에 있는 여성은 숙면을 즐긴다. 이해하기 힘든 고성에도 전혀 신경 쓰지 않는다. 이런 정경을 보면서 부부의 참모습이 어떤지를 생각해 본다.

부부 싸움

부부가 살아가면서 한 번도 싸우지 않은 사람이 있을까? 잘하려고 아무리 노력해도 다툴 때가 있다. 우리 사이에는 서로가 높은 소리를 낸다고 트집 잡을 때가 더러 있다. 보통 여성의 목소리가 남자보다 작지만 아내의 경우는 좀 예외다. 40여 년 학교에서 수련한 덕분에 목소리가 큰 편이다. 나도 목소리라면 남들에 뒤떨어지지 않는다. 기분이 틀어지면 서로의 목소리가 너무 크다고 불평한다. 예전에 시각 장애인과 청각 장애인이 서로가 바보라고 탓한다는 이야기를 들었다.

고약한 이웃

세상 살다 보면 이웃하기 싫은 사람도 있다. 예전 대학 시절 들은 말이 생각난다. 법을 전공한 이웃과는 좋은 관계 맺기가 어렵다 하였다. 매사 법의 잣대로 들이대면 불편해지기 때문이다. 요즘 일본이 딱 그 짝이다. 우리는 아무런 걱정 않고 지내는데 괜히 한국에서 전쟁이 일어날 때를 가정하고 지껄이고 있다. 전시에 자국민 대피요령을 공개적으로 부각하는 저의가 참 괴이쩍다. 선량한 이웃집에서 싸움이 일어나면 우리 집에 끼칠 피해를 자꾸 거론하는 것처럼 얄밉기 그지없다. 조용한 이웃의 화를 부추기는 것과 무엇이 다른가. 이해하기 어려운 고약한 이웃이다.

칭찬은 감동

은행에 정기예금을 하고 온 다음 날 본사에서 확인 전화가 왔다. 더러 받은 적이 있어 순순히 답했다. 설명은 잘해주었는지, 서명은 직접하였는지, 친절 정도는 어떠했는지 등등…. 은행에 들르면 특별히 맘이 동하는 직원이 있다. 상품의 상세한 설명과 이윤이 얼마가 되는지 마치 자기 일처럼 살펴주는 경우이다. 상품의 내용 보다 직원을 믿고 맡기는 격이다. 답변을 마친 후 특별히 주문하였다. 이 여직원은 표창받아 마땅한 모범 직원이니 표창을 상신해 달라고 부탁하였다. 이 일이 있고 난 뒤 은행 담당 직원을 만나 사실을 전했더니 감동에 겨워 말을 잇지 못한다.

여성의 고운 손

여성의 새하얀 손에 곱게 장식한 손톱도 예쁘지만 더욱 눈이 가는 손이 있다. 도서관에서나 차 안에서 책장 넘기는 여성 손을 보면 눈을 뗄 수가 없다. 또 다른 고운 손은 여성의 장바구니 든 손이다. 우리같이 기성 반찬이 아니라 푸성귀 등 재료를 가득 들고 가는 손이 더욱 돋보이는 것이다. 장바구니 속에서 숨 쉬고 있는 가족에 대한 사랑이 느껴지기 때문이다. 오랜 시간 동안 음식 장만하는 여성이 힘들어 보일 때도 있지만 그 정성을 높이 사주고 싶은 것이다. 여성의 고운 손을 많이 보고 싶다.

어느 여성의 눈물

영어 회화 공부를 하다 보니 대화의 기회가 생긴다. 비슷한 나이에, 영어를 좋아하는 공통분모가 있어서 좋다. 남다른 실력을 가진 여성이다. 하도 열성적이어서 대입을 앞둔 여고생처럼 보인다. 식사하는 자리에서 무심코 물었다. "몇 학번입니까?" 못 들었는지 대답이 없다. 이후 어느 대화 자리에서 속마음을 털어놨다. 그녀는 이런 질문만 받으면 눈물이 난다고 하였다. 대학을 다니지 못했기 때문이다. 어떤 사연이 있는지 몰라도 아픈 상처를 건드린 것 같아 미안하였다. 매사 열성적인 여성, 자녀를 성공적으로 기른 여성에게 이런 아픔이 있는 줄 전혀 몰랐다.

DNA가 이상해

저마다의 유전자는 갖고 있을 터이다. 시골서 자랄 때 종종 경험한 일이다. 부모의 나쁜 버릇을 빼닮은 자녀가 있는가 하면, 전혀 다른 모습을 보이는 자녀도 보았다. 특히 술, 담배, 노름, 여성 편력 등이 그렇다. 설령 나쁜 유전자를 타고났다고 하더라도 그걸 개선하려는 의지만 있으면 별 문제 없다. 유전자가 우수해 보이는데 이걸 나쁜 방향으로만 사용하는 사람도 본다. 매사 삐딱선을 탄다거나, 괜히 트집을 잡는 경우 등이다. 부정적인 사람은 평생 그 버릇 고치지 못하고 일생을 지낸다.

아내의 미소

퇴근하는 아내의 얼굴을 유심히 살핀다. 둘이 여행 중 부안에서 아내 몰래 보낸 연하 카드를 받아든 반응이 궁금해서이다. 말로 하기 힘든 걸 카드 속에 담았다. 기분이 좋아 보여 다행이다. 우린 이따금 티격태격도 한다. 그럴 때마다 아내에게 미안하다. 내가 조금 참으면 될 일을 소리를 높인 게 화근이 될 때가 있다. 이런 소용돌이 속에 또 한 해가 저문다. 가족이나 이웃에게 잘못한 일은 없는지, 후회할 일은 하지 않았는지를 돌아본다. 내가 잘못한 일이 있다면 용서를, 오해할 만한 행동을 하였다면 넓은 이해를 바라며 한 해를 마감하고 싶다.

손녀를 위해서

영어 회화 공부하는 모임이 있다. 뚜렷한 목적보다는 가벼운 마음으로 임하는 사람이 대부분이다. 목적의식이 뚜렷하면 발전도 빠를 텐데 그런 것은 잘 보이지 않는다. 하지만 내 옆의 여성은 여느 사람들과 달라 보였다. 발음도 유창하고, 또 노트에 열심히 필기를 하는 등 열공에 열공을 더한다. 궁금하여 물어 보았다. "영어 회화하는 목적이라도 있으세요? 열심히 노력하는 모습이 부럽습니다." "손녀를 위해서 회화 공부합니다." 다섯 살인 손녀가 조금 더 자라면 영어를 직접 가르치겠단다. 젊은 할매의 당찬 포부가 크게 빛나 보였다.

쩍벌남

하도 줄여 쓰기를 즐기는 바람에 나도 한번 따라 해봤다. '쩍벌남' 은 '다리를 쩍 벌리고 앉은 남자' 를 일컫는다. 주변에서 쉽게 볼 수 있는 일이다. 카페에 올라온 사진 속에서, 그리고 지하철에서도 종종 보인다. 남자뿐만 아니라 여성도 예외가 아니다. 두 다리를 쩍 벌리고 앉아 있으면서도 정작 본인은 잘 의식하지 못한다. 참 보기 흉하다. 이런 말을 끄집어내는 스스로도 어떤 자세를 유지하는지 유의한다. 모두가 돌아보아야 할 공통 과제가 아닐 수 없다.

말버릇

말은 버릇에 많이 좌우된다. 잘못된 표현이지만 그걸 잊고 사는 경우가 많다. 그중 하나가 말마다 '… 같아요.' 라는 버릇이다. "이 꽃향기가 어떻습니까?" 라고 물으면 "향기가 좋은 것 같아요." 식으로 답한다. 자신의 분명한 의지가 없는 불분명한 답변이다. "도로가 깨끗합니까?" 라고 물어도 "매우 깨끗한 것 같아요." 라 답변한다. 말하는 사람은 문제의식을 별로 갖지 않는다. '… 같아요.' 를 남발한다. 좋은 말버릇은 좋은 사람을 만든다.

독서가 취미라고?

언론에서 종종 보는 일이다. 교육장, 조합장, 경찰서장 등 고위 공직자가 새로 부임하면 단신 인터뷰 기사가 신문에 오른다. 취임 포부, 주요 경력, 출신 학교, 가족 사항 아래 빠지지 않고 언급되는 게 취미란이다. 등산, 테니스, 조깅 등 운동이 종종 등장하지만 이따금 독서가 나타나기도 한다. 의문이 든다. 독서를 취미로 한다는 게 맞는 말일까? 취미로 하는 독서는 진정한 독서가 안 되는 게 아닐까. 잠을 자고, 밥을 먹는 것처럼 생활화하는 게 맞다. 워낙 책을 읽지 않으니 취미로까지 전락해 버린 것인지 모르겠다.

심사위원

문예 작품 공모에서 당선되는 사람의 기쁨은 어디에도 비길 수 없을 것이다. 공들여 낸 작품이 저명한 심사위원의 엄정한 심사를 거쳐 선정된다는 것은 큰 영광이다. 나는 당선 소감, 당선 작품, 심사평을 열심히 읽는다. 여기서 종종 가지는 의문이 있다. 심사 위원의 자질과 인품이다. 아무리 능력이 출중하다고 하더라도 인품에 흠이 있으면 공모전에 상처를 남긴다. 최소한 지탄의 대상이 되어서는 안 될 것이다. 심사 뒤 잡음이 나오는 것은 그의 인품을 못 믿기 때문일 수도 있다.

엄마는 괜찮아

아파트 주변 간선도로 횡단보도에 서 있는 모녀를 보았다. 빨간 신호인데도 불구하고 딸아이에게 건너자고 재촉한다. “엄마와 함께 있을 때는 이렇게 건너더라도 너 혼자 있을 때는 푸른 신호등일 때 건너야 한다.” 딸애는 친절하게 타이르는 어머니를 이해하지 못하겠다는 표정이다. 나는 불법을 저지르더라도 너는 지켜야 한다? 한 번은 초등학교 1, 2학년으로 보이는 아이가 어른들의 불법 횡단을 보고 크게 화내는 걸 본 적이 있다.

자식 눈치

복장에 별 관심 없는 나에게 자식들이 후의를 베푸는 경우가 있다. 외지에 나가 있는 아이들이 집에 오면 내 차림을 살핀다. 이따금 아들과 딸이 옷과 신발을 사준다. 기존의 것들도 있어 착용을 미루고 있는데 엄마를 통해 내 거동을 물어온다. 어쩌다 집에 오면 자기가 산 옷이나 운동화의 소재를 살피는 모습을 보인다. 그걸 알아차린 나는 딸이 올 때는 딸이 사준 것을, 아들이 올 때는 아들이 사준 걸 챙기려 노력한다.

책 읽는 참외장수

동백섬을 달린 후 숙소로 돌아오기 위해 입구로 접어드니 노란색이 물결친다. 트럭에 참외를 가득 싣고 노란 봉지에도 여럿 담았다. 참외에는 눈이 가지 않고 참외를 파는 남자에게 눈이 갔다. 아침 6시경인데 그는 참외 팔 생각은 잊은 채 독서 삼매경에 빠져있다. 두꺼운 소설책으로 여겨진다. 참 귀한 풍경이다. 장사하는 사람은 하나라도 더 팔기 위해 지나는 사람 살피기에 여념이 없을 텐데 어찌 책 속에 묻혀 있을까. 한참을 바라봐도 고개조차 들지 않는다. 독서하는 젊은이, 참외는 언제 팔려나!

아내 호칭

존경하는 교수님은 늘 이렇게 강조하셨다. 결혼을 하면 두 가지는 꼭 실행하라고. 하나는 아내를 '여보' 라고 부르며, 또 존칭을 사용하라고 당부하셨다. 전자는 지금까지 실행에 옮기고 있다만 나중의 것은 별로이다. 기분이 나쁜데 성인군자처럼 어찌 존칭으로 대한단 말인가. 하지만 얼마 전까지만 해도 교수님의 당부를 잊지 않고 지켜왔다. 말을 낮추다 보면 상대방을 너무 얕보게 된다는 것이다. 혹자는 친구처럼 다정하지 않느냐고 반문할지 모르지만 너무 만만하게 대하다 사달이 나는 경우가 종종 있다. 여러분은 어느 편인지 궁금하다.

나쁜 사람

집 전화가 울린다. 설문 조사나 상품 소개를 위한 전화가 많다. 투박한 남자 목소리다. "○○ 아버지 맞느냐?"고 묻는다. 딸이 교통사고로 머리를 다쳐 응급실로 가야 하는데 가지 않겠다고 고집한단다. 공갈 협박성 전화임이 직감적으로 느껴졌지만 냉정을 찾아야 한다. 워낙 긴급하게 큰 소리로 하기 땜에 내가 끼어들 틈도 없다. 딸을 바꿔 주겠단다. 딸 목소리와 비슷하게 비명을 지르는 중간에 내가 전화를 끊었다. 객지에서 직장 생활 하는 딸에게 전화하니 멀쩡하다. 정말 무서운 세상이다.

부의금 사절

신문 하단 광고란에 나온 부고를 만날 때가 있다. 5단 전면을 활용한 경우에는 대체로 지명도가 높다. 이런 광고를 접할 때마다 눈길은 마지막으로 향한다. "조화 및 부의금은 정중히 사절합니다." 이 문구가 있는지 없는지를 확인하는 버릇이 생겼다. 문구가 있어도 조화는 거절하기 힘들 텐데 부의금을 챙긴다면 규모가 얼마나 클까 하는 상상을 해 본다. 조화와 부의금을 사절하는 부고 속에 등장하는 이름들은 한결 돋보인다.

처녀 귀신

새벽 운동을 나서면 놀랄 때가 있다. 갑자기 나타나는 고양이는 별개로 치더라도 사람이 더 문제이다. 멀리 하얀 물체가 보인다. 가까이 다가가며 상상해 보아도 답이 나오지 않는다. 두려움이 없었다면 거짓말이다. 묘령의 여성이 전화에 빠져 있다. 보도 가운데 쭈그리고 앉아 긴 머리를 앞으로 내려뜨렸으니 귀신이 아닌가. 건장한(?) 나도 놀랐는데 다른 사람들도 놀랄까 염려되어 말을 던졌다. 차라리 서서 전화하든지, 아니면 자리를 좀 옮겨 달라고 부탁했더니 일어선다. 한참 후 운동을 마치고 돌아오는 그때까지 서서 전화하는 처녀 귀신을 보았다.

로맨스와 스캔들

흔히 하는 말이 있다. '내가 하면 로맨스, 남이 하면 스캔들.' 자신의 잘못을 제대로 인식하지 못하고 남 탓만 할 때 종종 이 말을 쓴다. 스스로의 행동이 항상 바를 수야 없겠지만 세밀히 바라보면 자신의 문제가 더 클 때가 있다. 자기 행동은 올바르지 못하면서 항상 남만 헐뜯는 사람도 본다. 자신의 불륜을 로맨스로 보아주기를 바라는 착각이 과하면 문제를 일으킨다. 그게 상습적이면 공해가 된다. 이 글을 쓰면서 나도 그런 착각에 빠진 적이 없는지 뒤돌아본다.

옆자리

누구나 비슷한 경험이 있을 것이다. 열차 여행을 할 때 옆자리에 누가 앉을지에 대한 궁금증이다. 하고 많은 사람 중에 누구와 함께 자리할까. 바라는 손님은 거의 비슷하다. 할머니 할아버지를 그리는 사람은 아마도 드물 것이다. 멋있는 아가씨가 자리하면 그날은 횡재한 기분이 든다. 짧은 시간이 소요되는 시내버스에서도 비슷한 감정을 가지는데 다른 분들은 어떤지 모르겠다. 내 생각이 보편적인가, 아니면 불순한 것인가?

묘비명

등산길에 어느 묘비를 보았다. 고인의 이름도 성도 없는 가운데 비석만 덩그러니 서 있다. '사람이면 다 사람이냐, 사람다워야 사람이지.' 의문이 일었다. 돌아가신 분의 평소 지론일까, 아니면 자신의 아쉬움을 이렇게 남긴 것일까. 이도 저도 아니면 살아있는 사람들에게 던지는 교훈의 메시지로 받아들이면 될까. 비석에는 고인의 사회 직위나 이름으로 채워지는 경우가 대부분이다. 본인의 자취는 전혀 남기지 않고 '참된 사람'을 강조한 그가 어떤 분이었는지 궁금증이 일었다.

구두 수선

모처럼 구두 수선집에 들렀다. 다리가 불편한 점주에게 몇 가지를 물어 보았다. "요즘 구두 수선 일이 어떻습니까?" 예전에 비해 손님이 불어나는지 궁금해서이다. "손님이 많이 줄어듭니다." 혹시 절약 정신이 약해지기 때문인가 했더니 그게 아니다. "요즘은 등산화, 운동화를 신는 분이 너무 많아 구두 수선은 매우 적습니다." 세상이 이렇게도 변하는구나. 내가 봐도 여성은 운동화, 남성은 등산화 착용이 부쩍 늘었다. 등산복도 널리 입는다. 시대 변화에 따라 몸이 불편한 사람들의 인기 직종인 구두 수선도 이렇게 어려워지나 보다.

얄미운 녀석들

외출 길에 반대편에서 걸어오는 사복 차림의 건장한 남학생 네 명을 만났다. 손에는 아이스크림을 들고 먹기 바쁘다. 그중 한 학생이 껍질을 아파트 바닥에 버린다. 나도 모르게 소리가 나왔다. "학생, 방금 버린 비닐 주워!" 잔말 않고 줍는 품이 다소곳하다. 그 순간 한 학생이 크게 외친다. "선생님, 안녕하세요?" 가만히 보니 아는 녀석들이다. 몇 년 전 몸담았던 중학교에 재학했던 아이들이다. 고교 2학년으로 올라간다며 깍듯이 인사하는 녀석들이 도리어 고맙게 여겨진다.

존경하는 인물

세상 살면서 존경하는 분을 만난다는 것은 큰 행운이다. 인생의 모델로 삼아 가치 있는 삶을 영위할 수 있기 때문이다. 그보다 더 좋은 것은 자신이 존경받는 인물이 되는 것이다. 대학 시절 김동길 교수를 만나 대화할 기회가 있었다. 그는 외국인으로는 링컨을 (링컨 연구로 박사학위 취득), 내국인으로는 성삼문 선생을 가장 존경한다며 동성인 나에게 각별한 애정을 준 적이 있다. 존경하는 인물 찾기가 힘든 세상이다. 나이만 먹는다고 해서 원로나 존경받는 인물은 되지 못한다. 말과 행동에서 타의 귀감이 되고 덕성이 있어야 함은 물론이다.

침묵하는 지성은?

침묵이 금이라는 말도 있다. 말이 너무 많으면 그만큼 실수가 잦다는 데서 유래된 것일 게다. 하지만 적절한 때와 장소에서 바른말을 하는 것이 필요할 때도 분명히 있다. 누가 봐도 잘못된 길을 걷고 있는데도 불구하고 외면하는 것은 지성인의 도리가 아니다. 세상이 잘못 돌아가고 있는데도 못 본 체하는 것 역시 배운 사람들의 자세가 못 된다. 모두가 고개 돌리면 우리 사회는 그릇된 방향으로 표류하고 마는 게 아닐까. 침묵하는 지성은 지성이 아니라는 생각이 들 때가 있다.

아리송해

아파트를 2억에 분양하였다. 분양이 순조로웠으면 좋으련만 6개월이 지나도 80% 수준에 머무르자 시공사는 아파트 분양가를 1억 9천으로 낮추어 버렸다. 이때 먼저 분양받은 세대는 1천만 원 손해 보았다며 연일 데모를 한다. 먼저 입주한 세대의 주장이 명분 있는 것인지 모르겠다. 이들의 주장이 맞는다면 백화점에서 파는 옷을 대폭 할인할 때 종전 정가대로 구입한 사람도 항의할 수 있다는 논리가 성립되는 게 아닐까. 주변에서 이런 상황이 더러 보여 던져보는 질문이다.

선생님의 자리

일과 중 많은 학생과 선생님을 만나게 된다. 다양한 학교, 다양한 학생들과 선생님을 만나면서 공통된 생각을 가지는 게 있다. 학교의 분위기, 담임 선생님의 자세에 따라 학생들의 태도가 확연히 차이 난다는 점이다. 사람은 물론 동물, 심지어는 식물도 사랑을 느낀다고 한다. 학생들과 이야기를 나눠보면 금방 선생님의 제자 사랑의 정도를 짐작할 수 있다. 아이들은 탐구실에서 체험 활동을 하는데 선생님들끼리 바깥에서 잡담하는 경우도 보았다. 당장 불러들인다. 학생과 선생님이 사제동행하며 탐구하고 즐기는 게 체험 활동의 진수임을 모를 리 없다.

친근감의 표시

스승과 제자, 선배와 후배, 부부 사이에도 높임말을 사용하는 경우를 종종 본다. 웬만한 사이가 아니면 낮춤말은 피한다. 반면 말을 트고 지내는 경우의 장점도 많다. 흉허물 없이 대화할 수 있으니 얼마나 좋으랴 싶다. 처음 만나는 사람에게도 하대하는 분을 보았다. 당혹감을 갖지만 그걸 두고 따지기는 힘들다. 때와 장소를 가리지 않고 계속되기에 하대로 맞장구를 쳤다. 갑자기 얼굴색이 변하면서 나이 운운한다. 비슷한 나이라 여겨지지만 그걸 따질 계제는 아니다. 자신은 말 낮추는 것을 좋아한다고 한다. 함께 낮추는 것이 더욱 좋지 않느냐고 반문하였다. 친근(?)은 일방통행이 아니다.

후한 호칭, 박한 나이

나이 들수록 호칭과 나이에 대해 점점 민감해지는 것 같다. 호칭은 후하게 하는 게 좋다. 한때의 장군은 영원한 장군처럼 그동안 가진 여러 직책 중 제일 높은 부분을 불러주면 대개 좋아한다. 호칭이 헷갈리면 회장, 사장이라 불러도 좋다. 한때 지냈던 반장, 계장 직책을 부른다면 매너는 빵점이다. 반면 나이에 관련된 일은 가급적 박하게 하는 게 좋다. 식당에서는 모두 아가씨로, 나이를 말할 땐 무조건 10세 정도 아래로 봐주면 만사형통이다. 호칭이나 나이는 자기의 기준보다는 상대방의 기호에 맞추는 게 제일이다.

엄마 같은 어린이

일과 중 여러 학생들을 만나게 된다. 탐구장 내부 설명을 곁들이면서 그들의 생각을 읽는 게 습관처럼 되었다. 단체 체험 후 두 번째 들렀다는 6학년 여학생을 만났다. 4학년 남동생을 데리고 왔는데 누나라기보다는 엄마처럼 자상하다. 또래에 비해 성숙해 보이는 그의 행동과 말씨에는 품위까지 묻어난다. 탐구 활동이 좀 늦어진다며 어머니께 전화하는데 존댓말을 사용하여 놀랐다. 보기 드문 일이다. 디자이너가 되고 싶다는 그의 소망이 이루어지기를 빈다.

지도자의 책무

오랫동안 신문사 기자로 근무했던 내 친구는 평생 테니스를 치지 않겠다고 각오한 사람이다. 체육부 기자로 활약하는 사람의 태도치고는 의외라 할 수 있다. 그는 군대생활 때 테니스 코트를 다듬다 별 하나인 장군으로부터 촟대뼈를 강타당한 적이 있다고 한다. 워커발로 차였으니 그 아픔이 오죽했으랴. 아무리 병사들이 마음에 들지 않는다 하더라도 이럴 수는 없다. 이런 똥별이 지휘하는 부대가 어찌 사기 왕성할 수 있으랴. 학교 교장을 비롯한 여러 기관장들을 대하면서 정말 자질 미달인 사람을 보았다. 교장의 도덕성과 학생 사랑의 의지에 따라 학교가 확연히 변하는 모습도 종종 보았다.

모기는 수컷?

화장실에 들렀더니 모기 한 마리가 눈에 들어왔다. 참 고얀 놈이다. 온 집안을 쏘다니면서 아내를 위협할 게 분명하다. 초장에 박살 내지 않으면 잡기가 어려워진다. 급히 화장실 문을 닫고 동태를 살핀다. 천장에 붙었다가 벽에 붙는 순간 오지게도 때렸다. 벽과 손에 피 흔적이 없는 것으로 봐서 식사 전인가 싶다. 나를 공격하는 모기는 여태 보지 못했다. 아내를 찾아 공격하는 놈만 있으니 우리 집 모기는 모두 수컷이란 말인가.

배우자

배우자는 두 가지 의미를 지닌다. 부부의 어느 한쪽을 가리키는 spouse, 다른 하나는 배운다는 learn을 떠올릴 수 있다. 남녀가 결혼하는 것을 나는 서로 힘 모아 평생 배워야 한다는 의미를 가진다고 주장한다. 생판 모르는 두 사람이 만나 성장 과정을 이해하고, 또 양가의 전통과 풍습을 배운다는 것은 매우 중요한 일이다. 더욱 중요한 것은 결혼과 동시에 학업과 결별하는 게 아니라 부부 함께 '배우자' 는 실천을 담으면 서로가 성장하는데 큰 도움이 되리라고 생각하기 때문이다.

친근한 이웃

뱀, 고양이, 지네 등은 혐오 동물들이다. 며칠 전 직장 현관을 지나다가 지푸라기 비슷한 게 보이기에 쓰레긴 줄 알고 집었더니 지네여서 깜짝 놀랐다. 꼼짝 않고 죽은 듯이 있은데다 노안(?)이 겹쳐 이런 실수를 했나 보다. 건물이 뒷산과 닿아있어 침입한 것이지만 무례하기 짝이 없다. 라오스를 여행할 때 투숙 호텔의 벽면에 도마뱀이 달라붙어 있는 걸 보았다. 식당 천장과 벽에는 온통 도마뱀 천지였다. 하지만 이곳 사람들은 쫓기는커녕 도마뱀과 더불어 살아가는 친근한 이웃처럼 여겨졌다.

할머니의 운동화

누구나 나이 들면 자기 것을 챙기기 보다는 자녀들에 관심이 더 간다. 나도 서울로 간 아들의 점퍼를 입을 때도 있다. 부모님도 당신의 것을 챙기기 보다는 잘 입지 않는 자식들의 옷을 입는 경우를 종종 보았다. 매일 새벽 운동장에 나가면 두세 명의 여성을 만난다. 지팡이를 짚는 할머니도 있다. 평소보다 좀 늦게 나갔더니 낯선 현상이 눈에 띄었다. 세 분 중 두 분이 자기 발보다 큰 남성 운동화를 신은 것이다. 손자 신발인 듯싶다. 큰 신발을 신고 터벅거리니 발에 좋을 리는 없을 터이지만 그들의 절약정신을 어찌 나무랄 수 있겠는가. 근검절약을 몸소 실천하신 부모님이 그립다.

미꾸라지의 대화

나는 시골서 자랄 때 고기 잘 잡는 명수(?)로 통했다. 겨우 대나무 통발이나, 유리 통발, 아니면 막대로 몰아 잡는 방법인데 나는 그 길을 훤히 꿰뚫고 있었다. 마을 노인들은 나만 만나면 고기들이 벌벌 떤다고 말씀하셨다. 비결은 고기마다의 특성을 잘 알고 있기 때문이다. 특히 미꾸라지의 생리나 대화법을 터득한 것은 큰 수확이다. 물을 조금 막고 대 통발을 아래로 향하게 대 놓으면 물이 마르기 전 위로 향하는 미꾸라지를 잡게 된다. 이때 용하게 낌새를 알아챈 놈이 탈출하여 내려오면서 한 놈 한 놈과 머리 맞대고 대화하는 걸 보면 정말 신기하였다. 미꾸라지의 대화 감청은 증명되지 않은 나만의 노하우이다.

구케의원?

어제저녁 시내 한 호텔의 행사장에서 여성 국회의원과 조우할 기회가 있었다. 명함을 교환하고 덕담을 나누는 자리였는데 나는 실수(?)를 저지르고 말았다. 그동안 쌓인 불만을 의원에게 내뱉은 것이다. "국회의원들, 정말 실망이 큽니다. 좀 잘해주셔야겠어요." 틀린 말은 아닐지라도 때와 장소를 가려 하는 게 맞다. 하지만 그런 기회가 많지 않은 나는 이날을 호기로 삼았다. 그녀는 웃으면서 "예, 잘 알겠습니다. 지켜보시면 나는 다른 분과는 좀 다르다는 것을 아시게 될 겁니다." 국회의원은 국민에게 희망을 주기는커녕 자기들의 잇속만 챙기는 '구케의원' (진흙탕 의원) 이라 부른 지 오래되지 않았는가.